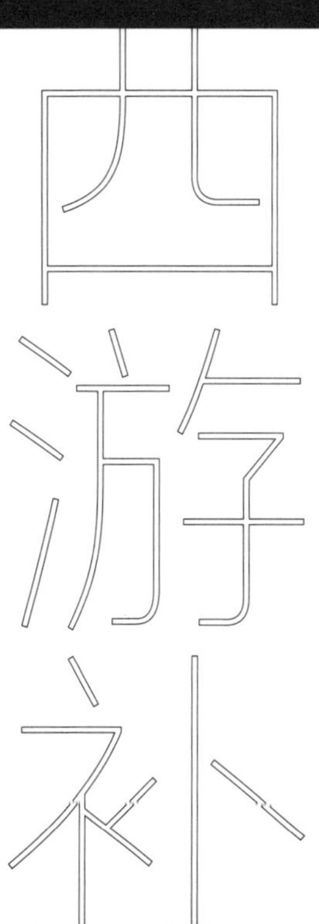

[明]董说

出版者简记

这是一部明朝的小说。然而我们今天读来，却可能不断会想到博尔赫斯的镜子，迷宫，阿莱夫，想到爱丽丝的奇景漫游，想到大卫·林奇的迷梦，《穆赫兰道》，想到《尤利西斯》复写的刹那与漂游的思绪，想到《盗梦空间》里的重重梦境，想到刘镇伟的《大话西游》，处处弥漫着疯癫，荒唐与狂想。如此，堪称一部神作。

然而，这样一部汉语里的奇特之书，流播却令人叹息。小说完成后的三百多年里，始终不彰，只在部分圈子里流转，甚至是以其承载的道教蕴意——小说之外的因素——而得以幸存——虽有人考证《红楼梦》曾受过其影响。所以不只在大众那里是湮没了，即使小说这个本家圈子里也默默无响的。要直到民国，被鲁迅看到。目光如炬的鲁迅。他差不多算是被直接惊到了。又说给钱玄同，给赵元任他们，也都一样的，同样地被惊着了。三人力劝出版商。即使如此，出版商依然是犹疑的。还需要这样三位大师发誓赌咒，才能半信半疑地做了出版的决定。但大众依然不识。随后至今竟然也仅在五十年代与八十年代得过两次重版。

在新世纪里，这本书值得被重新出版。在这个新的版本里，我们尝试还原文本，将他人所加的序言，评点这些文本的脚手架都做了清扫，只保留原本的小说本体。或许，可以更直观到原文的现代性。抱着同样的目的，我们也做了个附录，收录了两篇文章。一篇是鲁迅在《中国小说史略》里对《西游补》的论述，虽然简短，却讲得精道。一篇是马伯庸的长文导读。马伯庸文章有才气，有奇想，对类型小说有独到的理解，很适合解读这样的奇作。这两篇文章，如禅家所谓的“向上一路”，“向下一路”，通往《西游补》，通往董若雨幻设的悟空的一场梦里去。新世纪的读者们，你们这次会识到么？

纸上造物

2020年8月，北京，天坛东

鲁迅 |《西游补》十六回

《西游补》十六回，天目山樵序云南潜作；南潜者，乌程董说出家后之法名也。说字若雨，生于万历庚申（一六二〇），幼即颖悟，自愿先诵《圆觉经》，次乃读四书及五经，十岁能文，十三入泮，逮见中原流寇之乱，遂绝意进取。明亡，祝发于灵岩，名曰南潜，号月函，其他别字尚甚夥，三十余年不履城市，惟友渔樵，世推为佛门尊宿，有《上堂晚参唱酬语录》（钮琇《觚賸续编》之江抱阳生《甲申朝事小记》），及《丰草庵杂著》十种诗文集若干卷。《西游补》云以入“三调芭蕉扇”之后，叙悟空化斋，为鲭鱼精所迷，渐入梦境，拟寻秦始皇借驱山铎，驱火焰山，徘徊之间，进万镜楼，乃大颠倒，或见过去，或求未来，忽化美人，忽化阎罗，得虚空主人一呼，始离梦境，知鲭鱼本与悟空同时出世，住于“幻部”，自号“青青世界”，一切境界，皆彼所造，而实无有，即“行者情”，故“悟通大道，必先空破情根，破情根必先走入情内，走入情内见得世界情根之虚，然后走出情外认得道根之实”（本书卷首《答问》）。其云鲭鱼精，云青青世界，云小月王者；即皆谓情矣。或以中有“杀青大将军”“倒置历日”诸语，因谓是鼎革之后，所寓微言，然全书实于讥弹明季世风之意多，于宗社之痛之迹少，因疑成书之日，尚当在明亡以前，故但有边事之忧，亦未入释家之奥，主眼所在，仅如时流，谓行者有三个师父，一是祖师，二是唐僧，三是穆王（岳飞）：“凑成三教全身”（第九回）而已。惟其造事遣辞，则丰赡多姿，恍忽善幻，奇突之处，时足惊人，间以徘谐，亦常俊绝，殊非同时作手所敢望也。

（摘自《中国小说史略》）

唐僧师徒四人西天取经的题材，在文学史被反复演绎过。除去经典名著《西游记》外，还有许多风格迥异的版本。比如在《西游记》之前，有吴景贤版的杂剧；在《西游记》之后，还有种种续书，其中不乏佳作。如《后西游记》，种种巧妙构思，不输本著。也有超级无聊的《续西游记》，根本不值一读。

在这许许多多的《西游记》故事里，有一本叫做《西游补》的书，在西游故事里独树一帜，风格极其特别。特别到什么地步呢？先讲讲和它有关的四个关键词：《红楼梦》，意识流，无限流，OOC。《红楼梦》是清代小说，意识流是二十世纪才出现的文学创作手法，无限流是网文类型之一。至于OOC，是同人小说的一个批评术语，全称是Out Of Character，意思是你写的同人违背了原著角色的人设，比如你写金庸同人，把郭靖写成一个小肚鸡肠的莽汉，这就是OOC。这四个词谁都不挨着谁，更别说和《西游记》有什么关系。

《西游补》偏偏就有这个本事，能让这四个关键词完美统一于一文之中。这本书的好处，单纯靠书评是没法体会的，接下来我要不厌其烦，某些地方近乎重述一般地，带着大家简单地浏览一遍情节，沉浸其中，体会其精妙。

《西游补》的作者叫董说，字若雨，生活于明末清初。所以这是一部明末清初的作品。《西游补》的故事，发生于火焰山之后，扫塔之前。故事的第一回目叫“牡丹红鲭鱼吐气 送冤文大圣留连”，一开篇，气质就和别的西游故事不一样。

> 话说唐僧师徒四众，自从离了火焰山，日往月来，又遇绿春时候。唐僧道：“我四人终日奔波，不知何日得见如来！悟空，西方路上，你也曾走过几遍，还有许多路程？还有几个妖魔？”行者道：“师父安心！徒弟们着力，天大妖魔也不怕他。”说未罢时，忽见前面一条山路，都是些新落花、旧落花，铺成锦地；竹枝斜处，漏出一树牡丹。行者道：“师父，那牡丹这等红哩！”

> 长者道："不红。"行者道："师父，想是春天熏暖，眼睛都热坏了？这等红牡丹，还嫌他不红！师父不如下马坐着，等我请大药皇菩萨来，替你开一双光明眼。不要带了昏花疾病，勉强走路；一时错走了路头，不干别人的事！"长老道："泼猴！你自昏着，倒拖我昏花哩！"行者道："师父既不眼昏，为何说牡丹不红？"长老道："我未曾说牡丹不红，只说不是牡丹红。"行者道："师父，不是牡丹红，想是日色照着牡丹，所以这等红也。"

原著里的唐僧和孙悟空，偶尔也会闲聊几句，不过那都是直戳戳的。这里倒好，师徒二人居然认真讨论起牡丹和衣服颜色来。这段对话其实暗藏了两则典故，一则是禅宗的，六祖慧能看人争辩风吹旗动，说不是旗动不是风动，是仁者心动；一则是王阳明的，与友人同观岩间花，而所谓的"尔未看此花时，此花与尔心同归于寂。尔来看此花时，则此花颜色，一时明白起来"。

不要小看了这一段文字。本书的主旨，在这一段对话里讲得分明：悟空看牡丹是红色，是因为其在自己心上是红的。一念起，则牡丹红；一意落，牡丹不红。花红与否，取决于心猿起落。换句话说，你看到的世界表现如何，与你的内心意动有着因果关系。这听来有些荒谬，但在一种情况之下却是可以成立的。至于是哪种情况，暂且不表。

且说师徒聊完牡丹花，忽然看到牡丹丛中冒出一群少男少女，这些人嬉闹玩耍，围着唐僧又叫又跳，孙悟空看着心烦，追将过去，在悬崖边挥动棒子把他们全打死了。这事孙大圣干得出来，可《西游补》里这位孙悟空打死这些人之后，却突然转了性子，内心忽生慈悲，为自己的所作所为感到内疚。他唯恐唐僧责怪，居然“拾石为砚，折梅为笔，造泥为墨，削竹为简”，写了好长一篇诉冤文字，指望能感动唐僧不念紧箍咒。这可真是破天荒头一遭。什么时候齐天大圣跟个酸秀才似的，要靠写文章来叽叽歪歪了？不光写文古怪，念文的做派也特别腻歪。

原文是这么写的：“（孙悟空）写成文字；扯了一个‘秀才袖式’，摇摇摆摆，高足阔步，朗声诵念。”要多做作有多做作，整个一个戏子。

那么这篇文章到底写的什么呢？

> 维大唐正统皇帝敕赐百宝袈裟、五珠锡杖，赐号御弟唐僧玄奘大法师门下徒弟第一人水帘洞主齐天大圣天宫反寇地府豪宾孙悟空行者：谨以清酌庶羞之仪，致笺于无仇无怨春风里男女之幽魂曰：呜呼！门柳变金，庭兰孕玉；乾坤不仁，青岁勿谷。胡为乎三月桃花之水，环珮湘飘；九天白鹤之云，苍茫烟锁？嗟，鬼耶？其送汝耶？余窃为君恨之！虽然，走龙蛇于铜栋，室里临蚕；哭风雨于玉琴，楼中啸虎。此素女之周行也，胡为乎春袖成兮春草绿，春日长兮春寿促？

这哪里是一根铁棒打到凌霄宝殿的孙大圣，分明是祭奠晴雯写出芙蓉诔的贾宝玉。一开场就够诡异的。简直是颠倒梦想。然后，孙悟空拿着这一篇送冤表回到牡丹树下，发现师父跟两个师弟都睡着了。他说既然如此，我先去化点斋饭，身形一纵，直奔西边而去。第一回到这儿，结束了。

估计大部分读者看到这里，已经一脸懵了：我是不是看了一个假的《西游记》同人？这都写的是什么？剧情莫名其妙不说，角色还OOC得厉害。

别着急，咱们先回到原来那个卖关子的地方。在什么情况之下，牡丹花红与否，取决于你的内心动静？当然是做梦。在梦中，你看到的一切，皆从心意中生发出来，你所遭遇的一切，都是你内心种种情绪观感的映照。注意看这一回目的前半句："牡丹红鲭鱼吐气"。是不是很奇怪？整个第一回里面，根本没提过什么鱼，这条鲭鱼是怎么突兀地插进来的？这里先剧透一下，不然接下来不好讲。这条鲭鱼，乃是一头妖怪，它惯吐蜃气，把人拖入梦境之中。孙悟空从看到牡丹花开始，其实已经中了招，然后他打死男女小儿，写了诉冤文字，其实是一个逐渐沉入睡梦的过程。（或许，有人会想到今敏的《红辣椒》？）

牡丹花红，这是悟空心动了。花丛之下涌出嬉闹的男女，这是暗喻春意撩拨。大圣的理性还在挣扎，挥棒打杀，可内心最深处的萌动却因此涌现，借着那段悲情文字，他开始了一段梦中之旅。而那条鲭鱼精，多念几遍它的名字，大家就明白了。鲭鱼鲭鱼，情欲情欲。这分明就是个《红楼梦》式的谐音字谜，说的是孙悟空被内心情欲所迷，堕入梦境。接下来发生的一切，就是孙行者漫游梦境之旅。

所以孙行者在第一回的种种离奇举动，也就有了一个解释：梦境莫名而不合逻辑，多离奇多违背常识都不奇怪。作者特意选了这种创作手法，等于开篇即明确告诉读者：这不是西游同人，这是借《西游记》讲我的故事——不是我注西游，是西游注我。

董说在《西游补》第一回里，有意识地用种种谐音、符号和谈话营造出一个袖珍的隐喻世界，模糊掉现实与虚幻的边界，由实入虚，把《西游记》一步步拽上自己精心构建的舞台……在许多年后，这种创作手法还会在《红楼梦》开篇重新上演一次，只不过那一次，是由虚入实了。

话说孙悟空离开唐僧人等，一路西行，忽然看到远处有一个城池，城头悬着一面飞金锦旗，上头写着："大唐新天子太宗三十八代孙中兴皇帝。"孙悟空登时吓了一跳，读者大概也会吓一跳。什么情况？作者借孙悟空之口，说出了读者也想问的问题："我们走上西方，为何走下东方来也？"有意思的是，孙悟空很快给自己开解了："我闻得周天之说，天是团团转的。莫非我们把西天走尽，如今又转到东来？若是这等，也不怕他，只消再转一转，便是西天。"这个说法，《西游记》原本里是没有的。董说是明末人，肯定接触过一些西方来的传教士，自然也听过"地球是圆的"这个地理概念，索性在这里扔给悟空了。不过孙悟空很快又觉得不对。师父从长安出发时，相送的是大唐第二代天子李世民，那是妥妥的新唐。怎么这边又冒出一个新唐，还说是太宗三十八代孙？面对这种诡异的局面，孙悟空先叫土地，没人理，叫值日功曹，也没动静。他索性身子一扭，去灵霄宝殿问玉皇大帝。可更诡异的事情发生了，南天门大门紧闭。孙悟空敲了半天，无人应，却只是听到有声音说天被偷了（奇！），又有声音诬陷编排是弼马温所偷。

孙悟空内心当然是愤怒的，又觉得荒唐。他着急想开门解释。门那边的人却说你别着急，新的灵霄殿在造，你等五千零四十六年三个月再来，就能开门了。孙悟空没奈何，只好按落云头，回转到那座大城，自己去打探。

孙悟空变作粉蝶，一路飞进新唐的皇城，来到一座绿玉殿，正好看到一个宫人在扫地，嘴里还絮絮叨叨这宫中的旖旎，讲述当朝天子和两个宠妃昨夜风流快活的场景：一会儿天上嫦娥、牛郎、织女胡乱对比，一会儿互相枕着对方身体酣然入睡。最尴尬的是，天子对着两个宠妃喊："夫人标致"。两个宠妃也喊："陛下标致"。天子回转头来便问宫人，三四百个贴身宫女齐声答应："果然是绝世郎君！"——那个场景真是尬奢尬靡的，又有点当今塑料电视美学，也有点王晶的烂片风格（或者当代艺术里的"坏画"风格）。

讲完这段香艳，宫人忽然又叹气，说想起前代君王，也是这般快活，当年特意造起一座珠雨楼台，极尽奢靡繁华之能事。可是，昨日经过旧址作清扫，却"只见一座珠雨楼台，一望荒草，再望云烟；鸳鸯瓦三千片，如今弄成千千片；走龙梁、飞虫栋，十字样架起；更有一件好笑：日头儿还有半天，井里头、松树边，更移出几灯鬼火”。

只几句话，意境满溢，悲慨之意扑面而来。这描写真好，我很喜欢，繁华与没落两下渲染，凝练成一瞬间的定格。此时距“眼看他起朱楼，眼看他宴宾客，眼看他楼塌了”的《桃花扇》还有几十年；距“落得白茫茫一片大地真干净”的《红楼梦》，还有百多年。我觉得“一望荒草，再望云烟”一句，几可以和这两段媲美。董说是明末清初之人，和张岱一样经历了天地崩裂的大变，曾经熟悉的繁华靡丽，已成断垣残壁，所存者破床碎几，折鼎病琴，这一段描写完全是自己的心境写照。他在《西游补》里掺入了大量对于时势和命运的感慨——也就是现在人喜欢说的“私货”——这一点，在接下来的篇章随处可见。

宫人感慨了几句物非人去，又说起一件陈年往事。有一个道士送了先皇一幅《骊山图》，有人认出来画中是秦皇陵，又说当初秦皇陵兴建之时，用了一件法宝，叫做驱山铎，可以把山都赶开。孙悟空听到这里，留了神，心想：如果我有这法宝，把大山赶走，师父取经更容易一些。他正要打听，忽然听到宫中锣鼓喧天……

从第二回咱们能看出来，孙悟空身边的世界已经开始崩塌了。不光地理维度乱了套，就连时间维度也错乱了，前有秦始皇，后有新唐天子，甚至还乱入了一条孙悟空窃走灵霄宝殿的平行世界情节线。这种时空交错的迷幻感，正是梦境所特有的风格。故事这时候就变成寻找驱山铎。

作者唯恐有些迟钝的读者还没感觉到世界线的异常，紧接着在第三回里，又重重地提醒了一笔。话说孙悟空听到宫里奏乐，仍旧变成蝴蝶，飞到殿内，正赶上天子和群臣议事。他侧耳一听，却听到这未来的皇帝与群臣商讨如何对付斩杀唐玄奘。若说读者在之前还对这个世界的性质将信将疑，读到这里无论如何也该醒悟了——这绝不是我熟悉的《西游记》。

孙悟空作为读者的主视角，看到这一幕也是骇得惊厥。如果是原著里的孙行者，这时候已经挥棒打出去了，可《西游补》里的孙悟空却是个多愁善感的有心人。此刻也只是“又惊又骇，又愁又闷”，最后实在担心师父下落，纵身一跳，准备去西天寻找师父。

谁知他跳到天上，忽然听到头顶有敲击声音，再一看，有四五百个凡人拿着工具在凿天（奇！）。孙悟空心中好奇，跑过去询问。凿天的头领给他讲了一段长长的故事，孙悟空由此听讲了“踏空村”与“青青世界”的故事，以及师父被小月王用相思网困住的故事（在这里，在别人的讲述里，孙行者再一次听到自己被天宫诬陷又污蔑的故事）。在这里，故事再一次改变方向，寻找师父，变成了寻找小月王。孙行者再次动身而去。

而这一去，行者可算是去了中国古典小说里最离奇的一处地界。

孙悟空一个跟斗来到青青世界，城里一个人也没有，中间立起一座琉璃楼。孙悟空入楼一看，却看到了无数宝境。这一段华丽的列举，不妨原文奉上：“四壁都是宝镜砌成，团团约有一百万面。镜之大小异形，方圆别制，不能细数，粗陈其概：天皇兽纽镜、白玉心镜、自疑镜、花镜、凤镜、雌雄二镜、紫锦荷花镜、水镜、冰台镜、铁面芙蓉镜、我镜、人镜、月镜、海南镜、汉武悲夫人镜、青锁镜、静镜、无有镜、秦李斯铜篆镜、鹦鹉镜、不语镜、留容镜、轩辕正妃镜、一笑镜、枕镜、不留景镜、飞镜。”孙悟空拿起一面镜子，里面跳出一个熟人（奇！），竟是两界山的猎户刘伯钦。刘伯钦告诉孙悟空，这里的每一面镜子都通往一个不同的位面，内中都有一个似曾相识却又不一样的世界。孙悟空问刘伯钦你为何同在这里？刘伯钦却回了一番意味深长的话：“如何说个‘同’字？你在别人世界里，我在你的世界里，不同，不同！”深究其意义，其实是暗示孙悟空身处的，亦是其中一镜的世界，彼此之间并无主次之分。而悟空明明是在梦里，梦中镜鉴，镜中梦鉴，虚实如何更显迷乱。哲学意味姑且不论，仅从文学角度，这三千大千世界镜楼的概念极富想象力。鲁迅先生评价这本书是“其造事遣辞，则丰赡多姿，恍忽善幻，奇突之处，时足惊人，间以徘谐，亦常俊绝，殊非同时作手所敢也。”说的虽是全书，但梦镜楼这一段实在担得起这样的评点。

悟空先拿起一面镜子，看到这一个位面叫做“头风世界”，里面更赶上放榜。一帮书生哭的哭，笑的笑，疯的疯，直似发了头风，如同缩略版《儒林外史》现场。孙悟空——其实是作者——趁机发了一番议论，辛辣地讽刺了一顿道学文章与腐儒书生。有意思的是，按推算，这个场景发生的时间正是秦朝之后的1600多年，所谓的明朝，所以第一面镜子其实是“现在世界”。然后董说让孙悟空又拿起一面镂青古镜，见到“古人世界”。孙悟空大喜，心想秦始皇是古人，那么就应该住在这个世界，自己便要前去找他借驱山铎，也寻访师父。他往镜子里一钻，却落在一处叫做“握香台”的地方。这里是石崇的宠妾绿珠所建，正好这一日正请了西施和丝丝两个闺蜜来聚会。孙悟空想混进去看个究竟，摇身一变成了丫鬟，却莫名被误做虞姬，于是三个女人做了一台戏。好容易摆脱。又走了几百万里，猛抬头，远远看见一个黑人高高坐在楼上。他以为是张飞，又以为是大禹，凑近一看，好嘛，居然是西楚霸王项羽。

悟空大喜，指望从他那儿套出秦始皇的下落，摇身仍变成虞姬上前，被项羽一把搂住。接下来的第五、六、七回里，赫然是一幕伪娘喜剧。孙悟空各种挑逗，想骗项羽说出秦始皇的下落，项羽每次都先吹嘘一番自己的功绩，然后嚷嚷着要搂美人上榻睡觉。悟空为了推诿，又逗他继续讲故事。就这样不断用言语以及故事延宕——宛如《一千零一夜》的结构。而这画面——一个莽大汉一个雷公脸的欲迎还拒的床戏——真是太美了，亮瞎眼。可笑荒诞又古怪的恶趣味，与《大话西游》里猪八戒与青霞互换身体类似。

三辞三让之后，悟空总算打探出来。原来秦始皇天生蒙瞳，元始天尊觉得他不该在古人世界，就派去蒙瞳世界。这个蒙瞳世界，和古人世界中间隔着一个未来世界。要到未来世界里去寻找一个古人（奇！）。孙悟空在项羽睡着之后，一路闯到未来世界。刚落地，就撞见一对青衣童子，说阎王爷病死了，求大圣你过去主持半日工作。阎王爷也能病死（奇！I服了you）。孙悟空急着去找秦始皇，推脱说你别闹我还得寻师父呢。青衣童子却不由分说，直接把他扯下了地狱，喊着说有新任阎王爷来啦。

孙悟空没奈何，只好换了官袍，暂且升堂。周围一班小鬼判官，都是当年他大闹阴曹地府的旧识。孙悟空先看了生死簿，发现是倒着写的，原来这里是未来世界，时辰倒转，自然生死簿也是倒着来的。他拿起令牌来，发现第一个要审的居然是秦桧。

不愧是万镜大千世界里的未来世界，初唐的孙悟空要审南宋的秦桧啦。在接下来的第九回、第十回里，作者对秦桧可真是变着法地虐，每一种明目的虐骂实则都是对世事的讥讽。直至最后还安排了岳飞来到虐杀现场。

这一段故事，可以说是crossover同人的典范之作，几与《三国志平话》开头那段韩信、英布、彭越、转世成曹、孙、刘三人来瓜分刘邦汉家江山报仇相媲美。作者在这里义愤填膺地尽情虐秦桧，恐怕也是醉翁之意不在酒，愤恨的是导致明廷倾覆的那些人，而让悟空拜岳飞为师，更是对中原故土尽陷腥膻不得光复的一种缅怀吧。这都不用分析，情绪溢于文字之上，也算是别样一种畅快。直类似如今的网络爽文。悟空审完秦桧，拜完岳飞，算算代理阎王也到时间了。他纵身一跳，离了阴曹地府，却不防被人一推，哗啦一声，推出了镜中世界，回到万镜楼里。

悟空不知该钻到哪个镜子世界里好，决定先出楼看看。不料这楼没有大门，他只能从塔边的阑干往外钻。可是阑干忽然变作几百条红线，把行者团团绕住，半些儿也动不得。行者慌了，变作一颗蛛子，红线便是蛛网；行者滚不出时，又登时变做一把青锋剑，红线便是剑匣。行者无奈，仍现原身，只得叫声："师父,你在那里,怎知你徒弟遭这等苦楚?"说罢，泪如泉涌。

《西游补》里的行者，和原来的行者性格差异很大，生性柔弱，多愁善感，在这里被万镜楼困住，居然哭着叫起了师父。幸亏这时一个老人现身，帮他把红线扯断。悟空问恩人叫什么，老人说我叫孙悟空。悟空大怒，说你是六耳猕猴吧，又来骗我，扯棒就要打。老人哈哈一笑，说："正叫做'自家人救自家人'。可惜你以不真为真,真为不真。"金光一闪，飞进悟空身体里。孙悟空这才醒悟，老人就是自己的心神所化，连忙唱一个大喏，拜谢自家。

作者在这段情节里又强调了本书的主题思想——人所以被困，是因心而困；人所以解脱，也是因心而去。能救自家的，只有自己的心。

孙悟空脱困之后，继续寻找，然而只是发现世界是无穷的，自己的寻找也将同样是无尽的。照此下去是不得的，孙悟空转念便拔出一把毫毛，变出无数小悟空（分裂的自我），分散各处去寻。结果众小悟空去了各处世界，不是不敢进去，就是被情欲所迷，没一个正经侦察的。悟空没奈何，只得收起毫毛，信步而行，无意中走到一处关雎水殿。定睛一看，殿上两个人，一个是小月王，另外一个正是唐僧——寻找在无心中得到。这时候也是奇了，悟空反而犹豫了，没有寻找到的欣喜。也只因为太奇怪了——师父不像师父（戴着头巾的和尚），妖精不像妖精（温文尔雅一书生）。两人宛若谈情，携手同行，共听弹词。一般的写法呢，到这里最多是描述一下女郎们唱词的精妙就完了。但董说应该很喜欢弹词，而且很喜欢写弹词，难得碰到这个机会，索性发挥了一下，居然写完整本词，全都掺入到正文中。这里还有个套娃一般的戏中戏——《西游谈》弹词，恰好就是《西游记》原著中火焰山一段的情节，重新改头换面，传唱了一番。然后下接孙悟空前往青青世界的情节，以“万镜楼中迟日夜，不知那一日见天尊”结尾。

这是一个奇妙的结构，孙悟空梦游万镜楼，在楼中世界又梦见别人传唱自己在梦镜楼的遭遇，首尾相接，嵌套不定，到底哪个在先，哪个在后，究竟何者为表，何者为里，全都模糊掉了，宛如莫比乌斯环。

这还没完，董说又安排孙悟空亲自观看有关自己人生故事的戏剧《孙丞相》。主角赫然就是孙悟空自己，却又是另外一段人生，讲他原来是和尚出身，后来弃佛入儒，读书高中状元，官至丞相，娶得娇妻，生了五个儿子，红尘中的大团圆、大圆满。完完全全的另一种人生，而孙行者此刻静静旁观，宛如博尔赫斯《小径分叉的花园》里的俞琛。

悟空看完了《孙丞相》，往楼里去看，发现八戒和沙僧跑上台去了。唐僧大惊，骂说你们俩昨晚调戏我的爱妃，被我赶走，怎么还敢回来？一个滚回高老庄，一个滚回流沙河。（真能编，真是描写如画）唐僧又问悟空既然做了丞相，如今何在？沙僧说他跟着另外一个师父去西天了（又开始镜像繁殖）。唐僧连忙写了离书，叮嘱他们见了悟空，不要让他来青青世界骚扰自己。

此刻的悟空定然是迷惘的，到底他是做了丞相，还是没做丞相？去西天取经，到底跟的是哪个师父？如果已经去了西天，那如今在这里的又是哪个？这一切，犹如黄粱一梦。可悟空本来就是在梦里，在梦里又看到自己另外一种人生，且是被人排演成戏，可谓是梦中套梦，又在梦中嵌戏，最后如梦之戏凸显到现实里来，搅得虚实难分，往复穿越，氛围愈加恍惚，让人彻底分不清现实和梦境的分野。

唐僧写完离书，赶走了八戒和沙僧，继续听曲儿。忽然远处来了一个新唐紫衣使者，要杀青大将军尽快起兵去打西虏（这样的故事是悟空之前穿越到新唐皇帝时候提到的。再一次的一个莫比斯环衔接）。唐僧没奈何，只得披挂出征。

接下来的一段故事，不是《红楼梦》了，变成了《三国演义》：唐僧登坐帐中，排兵布阵，点将攻杀。孙悟空也在被点的将军之列。以六耳猕猴，法号悟幻身份的悟空对阵到了波罗蜜王，而这个波罗蜜王居然自称是孙悟空的儿子。有意思的是，孙悟空也支支吾吾或者说迷迷糊糊，真是切切实实地如堕梦中，只是裹挟着在修罗场中昏天黑地厮杀着。开始的开始因为要借助权力（始皇，第一个皇帝，皇帝中的皇帝），而在情欲，在软红尘中辗转流落，至今在大厮杀的劫难中不可开交。这一场战争描绘的意象色泽是黑暗的。在这样的大混乱与大迷失中，虚空尊者现身，点化悟空，这一切都不过一场幻戏，而终结这一切。

悟空这才明白，这一切的一切，都是鲭鱼（情欲）钻入自己内心所化的幻觉。顿然的觉醒之后，他回到现实，发现仍旧是在牡丹树下（又回到开始）。真是经过一场梦（万千场梦终归是一场梦）。

这时一个小和尚跑过来，向唐僧叩头，自称观音菩萨派来的第四个弟子，名叫悟青。和三位师兄正好凑个“空青能净”—— 心意视情欲皆空，方能清净。

知晓了真相的悟空毫不客气，一棒砸过去，打杀了这条鲭鱼精。唐僧见妖怪现了原形，这才明白悟空好意。师徒四人拾掇拾掇，继续踏上取经之路。——《大话西游》里师徒四人历经癫狂之后平静安然动身西去，不也是如此么？而类似《一生所爱》曲调的是一段文字 —— 以这样一段文字结尾：

> 行者便喝退土地，一心化饭。急忙跳在空中，看见那边有个桃花畔，一条

> 烟丝从树林中隐隐透起；登时按落云头，近前观看，果然是一好人家。行者跑入里面，正要寻人化饭，忽然走到一个静舍，静舍中间坐着一个师长，聚几个学徒，在那里讲书。你道讲哪一句书？正讲着一句“范围天地而不过”。

“范围天地而不过”，是化自《易经》的一句。天地万物，全包括其中而无可逾越。自然，也包括梦。在这里，有一种梦中醒来后的清透。连叙述也是这样。清醒之外，竟然似乎有着气象万千。而气象万千之外，又隐有一片惘然。这部明朝的小说是现代的，太现代了。

（据马伯庸讲座内容整理，略有删改）

第〇一回
牡丹红鲭鱼吐气　送冤文大圣留连

话说唐僧师徒四众，自从离了火焰山，日往月来，又遇绿春时候。唐僧道："我四人终日奔波，不知何日得见如来！悟空，西方路上，你也曾走过几遍，还有许多路程？还有几个妖魔？"行者道："师父安心！徒弟们着力，天大妖魔也不怕他。"说未罢时，忽见前面一条山路，都是些新落花、旧落花，铺成锦地；竹枝斜处，漏出一树牡丹。

行者道："师父，那牡丹这等红哩！"长者道："不红。"行者道："师父，想是春天熏暖，眼睛都热坏了？这等红牡丹，还嫌他不红！师父不如下马坐着，等我请大药皇菩萨来，替你开一双光明眼。不要带了昏花疾病，勉强走路；一时错走了路头，不干别人的事！"长老道："泼猴！你自昏着，倒拖我昏花哩！"行者道："师父既不眼昏，为何说牡丹不红？"长老道："我未曾说牡丹不红，只说不是牡丹红。"行者道："师父，不是牡丹红，想是日色照着牡丹，所以这等红也。"

长老见行者说着日色，主意越发远了，便骂：“呆猴子！你自家红了，又说牡丹，又说日色，好不牵扯闲人！”行者道：“师父好笑！我的身上是一片黄花毛；我的虎皮裙又是花斑色；我这件直裰又是青不青白不白的。师父在何处见我红来？”长老道：“我不说你身上红，说你心上红。”便叫：“悟空，听我偈来！”便在马上说偈儿道：

牡丹不红，徒弟心红。
牡丹花落尽，正与未开同。

偈儿说罢，马走百步，方才见牡丹树下，立着数百眷红女，簇拥一团，在那里探野花，结草卦，抱女携儿，打情骂俏。忽然见了东来和尚，尽把袖儿掩口，嘻嘻而笑。长老胸中疑惑，便叫：“悟空，我们另寻枯径去吧！如此青青春野，恐一班娈童弱女又不免惹事缠人。”行者道：“师父，我一向有句话要对你说，恐怕一时冲撞，不敢便讲。师父，你一生有两大病：一件是多用心，一件是文字禅。多用心者，如你怕长怕短的便是；文字禅者，如你歌诗论理，谈古证今，讲经说偈的便是。文字禅无关正果，多用心反召妖魔。去此二病，好上西方！”长老只是不快。行者道：“师父差矣！他是在家人，我是出家人；共此一条路，只要两条心。”

唐僧听说，鞭马上前。不想一簇女郎队里，忽有八九个孩童跳将出来，团团转打一座“男女城”，把唐僧围住，凝眼面看，看罢乱跳，跳罢乱嚷，嚷道：“此儿长大了，还穿百家衣！”长老本性好静，哪受得儿女牵缠？便把善言遣他；再不肯去，叱之亦不去。只是嚷道：“此儿长大了，还穿百家衣！”长老无可奈何，只得脱下身上衲衣宽藏在包袱里面，席草而坐。

那些孩童也不管他，又嚷道：“你这一色百家衣，舍与我吧！你不与我，我到家里去叫娘做一件青苹色，断肠色，绿杨色，比翼色，晚霞色，燕青色，酱色，天玄色，桃红色，玉色，莲肉色，青莲色，银青色，鱼肚白色，水墨色，石蓝色，芦花色，绿色，五色，锦色，荔枝色，珊瑚色，鸭头绿色，回文锦色，相思锦色的百家衣，我也不要你的一色百家衣了。”

长老闭目，沉然不答。八戒不知长老心中之事，还要去弄男弄女，叫他干儿子、湿儿子，讨他便宜哩！行者看见，心中焦躁，耳朵里取出金箍棒，拿起乱赶，吓得小儿们一个个踢脚绊手走去。行者还气他不过，登时赶上，抡棒便打。可怜蜗发桃颜，化作春驹野火！你看牡丹之下一簇美人，望见行者打杀男女，慌忙弃下采花篮，各人走到涧边，取了石片来迎行者。行者颜色不改，轻轻把棒一拨，又扫地打死了。

原来孙大圣虽然勇斗，却是天性仁慈。当时棒纳耳中，不觉涕流眼外，自怨自艾的道：“天天！悟空自皈佛法，收情束气，不曾妄杀一人；今日忽然忿激，反害了不妖精不强盗的男女长幼五十余人，忘却罪孽深重哩！”走了两步，又害怕起来，道：“老孙只想后边地狱，早忘记了现前地狱。我前日打杀得个把妖精，师父就要念咒；杀得几个强盗，师父登时赶逐。今日师父见了这一干尸首，心中恼怒，把那话儿咒子万一念了一百遍，堂堂孙大圣就弄做个剥皮猢狲了！你道像什么体面？”

终是心猿智慧，行者高明，此时又想出个意头，以为：“我们老和尚是个通文达艺之人，却又慈悲太过，有些耳朵根软。我今日做起一篇‘送冤’文字，造成哭哭啼啼面孔，一头读一头走；师父若见我这等啼哭，定有三分疑心，叫：‘悟空，平日刚强何处去?’我只说：‘西方路上有妖精。’师父疑心顿然增了七分，又问我：‘妖精何处?叫做何名?’我只说：‘妖精叫做打人精。师父若不信时，只看一班男女个个做了血尸精灵。’师父听得妖精利害，胆战心惊。八戒道：‘散了伙吧!’沙僧道：‘胡乱行行。’我见他东横西竖，只得宽慰他们一句道：‘全赖灵山观世音，妖精洞里如今片瓦无存!’”

行者登时抬石为砚，折梅为笔，造泥为墨，削竹为简，写成“送冤”文字；扯了一个“秀才袖”式，摇摇摆摆，高足阔步，朗声诵念。其文曰：

维大唐正统皇帝敕赐百宝袈裟、五珠杖，赐号御弟唐僧玄奘大法师门下徒弟第一人，水帘洞主齐天大圣天宫反寇地府豪宾孙悟空行者，谨以清酌庶羞之仪，致笺于无仇无怨春风里男女之幽魂曰：

呜呼！门柳变金，庭兰孕玉；乾坤不仁，青岁勿谷。胡为乎三月桃花之水，环佩湘飘；九天白鹤之云，苍茫烟锁？嗟！鬼耶？其送汝耶？余窃为君恨之！虽然，走龙蛇于铜栋，室里临蚕；哭风雨于玉琴，楼中啸虎，此素女之周行也。胡为乎春袖成兮春草绿，春日长兮春寿促？嗟，鬼耶？其送汝耶？余窃恨君！

呜呼！竹马一里，萤灯半帷；造化小儿，宜弗有怒。胡为乎洗钱未赐，飞凫舄而浴西渊；双柱初红，服鹅衣而游紫谷？嗟！鬼耶？其送汝耶？余窃为君恨之！虽然，七龄孔子，帐中鸣蟋蟀之音；二尺曾参，阶下拜荔枝之献。胡为乎不讲此正则也？剪玉南畴，碎荷东浦，浮绛之枣不袖，垂乳之桐不哺。嗟！鬼耶？其送汝耶？余窃恨君！

鸣呼！南北西东，未赋招魂之句；张钱徐赵，难占古冢之碑。嗟！鬼耶？其送汝耶？余窃为君恨之！

行者读罢，早已到了牡丹树下。只见师父垂头而睡，沙僧、八戒枕石长眠。行者暗笑道："老和尚平日有些道气，再不如此昏倦。今日只是我的飞星好，不该受念咒之苦。"他又摘一根草花，卷做一团，塞在猪八戒耳朵里，口里乱嚷道："悟能，休得梦想颠倒！"八戒在梦里哼哼的答应道："师父，你叫悟能做什么？"行者晓得八戒梦里认他做了师父，他便变做师父的声音，叫声："徒弟，方才观音菩萨在此经过，叫我致意你哩。"

八戒闭了眼，在草里哼哼的乱滚，道："菩萨可曾说我些什么？"行者道："菩萨怎么不说？菩萨方才评品了我，又评品了你们三个：先说我未能成佛，教我莫上西天；说悟空决能成佛，教他独上西天；悟净可做和尚，教他在西方路上干净寺里修行。菩萨说罢三句，便一眼看着你道：'悟能这等好困，也上不得西天。你致意他一声，教他去配了真真、爱爱、怜怜。'"八戒道："我也不要西天，也不要怜怜，只要半日黑甜甜。"说罢，又哼的一响，好似牛吼。行者见他不醒，大笑道："徒弟，我先去也！"竟往西边化饭去了。

第〇二回

西方路幻出新唐　绿玉殿风华天子

却说行者跳在空中，东张西望，寻个化饭去处，两个时辰，更不见一人家，心中焦躁。正要按落云头，回转旧路，忽见十里之外有一座大城池，他就急急赶上看时，城头上一面绿锦旗，写几个飞金篆字：

大唐新天子太宗三十八代孙中兴皇帝

行者蓦然见了“大唐”两字，吓得一身冷汗，思量起来：“我们走上西方，为何走下东方来也？决是假的。不知又是什么妖精？可恶！”他又转一念道：“我闻得周天之说，天是团团转的。莫非我们把西天走尽，如今又转到东来？若是这等，也不怕他，只消再转一转，便是西天——或者是真的？”他即时转一念道：“不真，不真！既是西天走过，佛祖慈悲，为何不叫我一声？况且我又见他几遍，不是无情少面之人。还是假的。”当时又转一念道：“老孙几乎自家忘了。我当年在水帘洞里做妖精时节，有一兄弟，唤做碧衣使者。他曾送我《昆仑别纪》一书。上有一段云：‘有中国者，本非中国而慕中国之名，故冒其名也。’这个所在，决是西方冒名之国！还是真的。”

顷刻间，行者又不觉失声嚷道：“假，假，假，假，假！他既是慕中国，只该竟写中国，如何却写大唐？况我师父常常说大唐皇帝是簇簇新新的天下，他却如何便晓得了，就在这里改标易帜？决不是真的。”踌躇半日，更无一定之见。行者定睛决志把下面看来，又见“新天子太宗三十八代孙中兴皇帝”十四字。他便跳跳嚷攘，在空中骂道：“乱言，乱言！师父出大唐境界，到今日也不上二十年，他那里难道就过了几百年！师父又是肉胎血体，纵是出入神仙洞，往来蓬岛天，也与常人一般过日，为何差了许多？决是假的。”他又想一想道：“也未可知，若是一月一个皇帝，不消四年，三十八个都换到了。或者是真的？”

行者此时真所谓疑团未破，思议空劳。他便按落云端，念动真言，要唤本方土地问个消息。念了十遍，土地只是不来。行者暗想：“平时略略念动，便抱头鼠伏而来；今日如何这等？事势急了，且不要责他，但叫值日功曹，自然有个分晓。”行者又叫功曹：“兄弟们何在？”望空叫了数百声，绝无影响。行者大怒，登时现出大闹天宫身子，把棒晃一晃像缸口粗，又纵身跳起空中，乱舞乱跳。跳了半日，也无半个神明答应。

行者越发恼怒，直头奔上灵霄，要见玉帝，问他明白。却才上天，只见天门紧闭。行者叫：“开门，开门！”有一人在天里答应道：“这样不知缓急奴才！吾家灵霄殿已被人偷去，无天可上。”又听得一人在旁笑道：“大哥，你还不知哩！那灵霄殿为何被人偷去？原来五百年前有一孙弼马温大闹天宫，不曾夺得灵霄殿去，因此怀恨，构成党羽，借取经之名，交结西方一路妖精；忽然一日，妖精们用些巧计，偷去灵霄。此即兵法中以他人攻他人，无有弗胜之计也。猢狲儿倒是智囊，可取，可取！”行者听得，又好笑，又好恼。他是心刚性急的人，哪受得无端抢白，越发拳打脚踢，只叫“开门”。那里边人又道：“若毕竟要开天门，权守五千零四十六年三个月，等吾家灵霄殿造成，开门迎接尊客何如？”

却说行者指望见了玉帝，讨出灵文紫字之书，辨清大唐真假，反受一番大辱；只得按落云头，仍到大唐境界。行者道：“我只是认真而去，看他如何罢了。”即时放开怀抱，走进城门。那守门的将士道：“新天子之令：凡异言异服者，拿斩。小和尚，虽是你无家无室，也要自家保个性命儿！”行者拱拱手道：“长官之言，极为相爱。”即时走出城门，变做粉蝶儿，飞一个“美人舞”，再飞一个“背琵琶”，顷刻之间，早到五花楼下；即时飞进玉阙，歇在殿上。真是琼枢绕霭，青阁缠云，神仙未见，洞府难摹者也！

天回金气合，星顺玉衡平。
云生翡翠殿，日丽凤凰城。

行者观看不已，忽见殿门额上有“绿玉殿”三个大字，旁边注着一行细字：“唐新天子风流皇帝元年二月吉旦立。”殿中寂然，只有两边壁上墨迹两行，其文曰：

唐未受命五十年，大国如斗。
唐受天命五十年，山河飞而星月走。
新皇帝受命万万年，四方唱周宣之诗。
小臣张邸谨祝。

行者看罢，暗笑道：“朝廷之上有此等小臣，哪得皇帝不风流！”

说罢时，忽然走出一个宫人，手拿一柄青竹帚，扫着地上，口中自言自语的道：“呵呵，皇帝也眠，宰相也眠，绿玉殿如今变做‘眠仙阁’哩！昨夜我家风流天子替倾国夫人暖房摆酒，在后园翡翠宫中，酣饮了一夜。初时取出一面高唐镜，叫倾国夫人立在左边、徐夫人立在右边，三人并肩照镜；天子又道两位夫人标致，倾国夫人又道陛下标致。天子回转头来便问我辈宫人，当时三四百个贴身宫女齐声答应：‘果然是绝世郎君！’天子大悦，便迷着眼儿饮一大觥。酒半酣时，起来看月，天子便开口笑笑，指着月中嫦娥道：‘此是朕的徐夫人。’徐夫人又指着织女牛郎说：‘此是陛下与倾国夫人。今夜虽是三月初五，却要预借七夕哩。’天子大悦，又饮一大觥。一个醉天子，面上血红，头儿摇摇，脚儿斜斜，舌儿嗒嗒，不管三七廿一，二七十四，一横横在徐夫人的身上。倾国夫人又慌忙坐定，做了一个‘雪花肉榻’，枕了天子的脚跟。又有徐夫人身边一个绣女忒有情兴，登时摘一朵海木香，嘻嘻而笑，走到徐夫人背后，轻轻插在天子头上，做个‘醉花天子’模样。这等快活，果然人间蓬岛！只是我想将起来，前代做天子的也多，做风流天子的也不少；到如今，宫殿去了，美人去了，皇帝去了！不要论秦汉六朝，便是我先天子，中年好寻快活，造起珠雨楼台；那个楼台真造得齐齐整整，上面都是白玉板格子，四边青琐吊窗；北边一个圆霜洞，望见海日出没。下面踏脚板还是金缕紫香檀。一时翠面芙蓉，粉肌梅片，蝉衫麟带，蜀管吴丝，见者无不目艳，闻者无不心动。昨日正宫娘娘叫我往东花园扫地。我在短墙望望，只见一座珠雨楼台，一望荒草，再望云烟；鸳鸯瓦三千片，如今弄成千千片，走龙梁，飞虫栋，十字样架起。更有一件好笑：日头儿还有半天，井里头，松树边，更移出几灯鬼火；仔细观看，到底不见一个歌童，到底不见一个舞女，只有三两只杜鹃儿在那里一声高，一声低，不绝的啼春雨。这等看将起来，天子庶人，同归无有；皇妃村女，共化青尘！旧年正月元宵，有一个松萝道士，他的说话倒有些悟头。他道我风流天子喜的是画中人，爱的是图中景，因此进一幅画图，叫做《骊山图》。天子问：‘骊山在否？’道士便道：‘骊山寿短，只有二千年，’天子笑道：‘他有二千年也够了。’道士道：‘臣只嫌他不浑成些，土木骊山二百年，口舌骊山四百年，楮墨骊山五百年，青史骊山九百年，零零碎碎凑成得二千年！我这一日当班，正正立在那道士对面，一句一句都听得明白。歇了一年多，前日见了有学问的宫人话起，原来《骊山图》便是那用驱山铎的秦始皇帝坟墓！”话罢扫扫，扫罢话话。

行者突然听得“驱山铎”三字，暗想：“山如何驱得？我若有这个铎子，逢着有妖精的高山，预先驱了他去，也落得省些气力。”正要变做一个承值官儿模样，上前问他驱山铎子的根由，忽听得宫中大吹大擂。

第〇三回

桃花钺诏颁玄奘　凿天斧惊动心猿

行者听得宫中奏乐，即时飞进虎门，过了重楼叠院，走到一个雕青轩子：团团簇拥公卿，当中坐着天子。歇不多时，只见新天子忽然失色，对众官道："朕昨日看《皇唐宝训》，有一段云：'唐僧陈玄奘，妄以缁子惑我先王。门生弟子，尽是水帘石洞之流；锡杖檀盂，变为木柄金箍之具。四十年后，率其徒众，犯我疆土。此大敌也。'又有一段云：'五百年前，有孙悟空者，曾反天宫，欲提玉帝而坐之阶下，天命未绝，佛祖镇之。'天且如此，而况于人乎？然而唐僧纳为第一徒弟者，何也？欲以西方之游，肇东南之伯；倚猿马之威，壮鲸鲵之势。朕看此书，有些害怕！令遣总戎大将赵成望西方而去，斩了唐僧首级回来；当时又赦他徒众，令其四散，自然无事。"

尚书仆射李旷出班奏道："秃臣陈玄奘不可杀，倒可用；只可用他杀他，不可用他人杀他。"既对，新天子叫将士在囊帅库中取出飞蛟剑、吴王刀、碣石钩、雷花戟、五云宝雕戊、乌马胄、银鱼甲、飞虎王帐幡、尧舜大旗、桃花钺、九月斧、玻璃月镜盔、飞鱼

红金袍、斩魔晶线履、七星扇，同着一幅黄缣诏书封上，飞送西天杀青挂印大将军御弟陈玄奘。诏曰：

> 大将军碧节之清，朱丝之直；昨青路诸侯，走马宗国，竞奏将军雄武，使西方天下人鱼结舌而海蜃无气。草阶华历之代，阙见其人，朕之素慕。听词美良，转目西山，悲哉而叹矣。
>
> 今夫西贼星亟，关檄日来，盖天厌别离，而飞锡之归期也。将军何不跃素池而弹慧剑，褫墨缁而倾智囊？绿林如练，玄日无烽，然后朕以一尺素束将军之马首。此日雕戈银甲，他时虫帐蚊图。若乃昆仑铜柱，难刊堕泪碑文；天壁金绳，谁赋归来辞句？惟大将军一思之，二思之。且夫朕之厌珊瑚弓碧玉矢者，久矣。

叫宫中取出珑琥节，同付使者。使者得了圣旨，拿着

珑琥节，捧着钦赐印诏，飞马出城。行者大惊，又恐生出事来，连累师父，不敢做声；登时赶上，飞一个“梅花落”，出了城门，现原身，望望使者，使者早已不见。行者越发苦恨，须臾闷倒。

却说行者不曾辨得新唐真假，平空里又见师父要做将军，又惊又骇，又愁又闷；急跳身起来，去看师父下落。忽然听得天上有人说话，慌忙仰面看看，见四五百人持斧操斤，轮刀振臂，都在那里凿天。行者心中暗想：“他又不是值日功曹，面貌又不是恶曜凶星，明明是下界平人，如何却在这里干这样勾当？若是妖精变化惑人，看他身面上又无恶气。思想起来，又不知是天生痒疥，要人搔背呢？不知是天生多骨，请个外科先生在此刮洗哩？不知是嫌天旧了，凿去旧天，要换新天；还是天生帷障，凿去假天，要见真天？不知是天河壅涨，在此下泻呢？不知是重修灵霄殿，今日是黄道吉日，在此动工哩？不知还是天喜风流，教人千雕万刻，凿成锦绣画图？不知是玉帝思凡，凿成一条御路，要常常下来？不知天血是红的，是白的？不知天皮是一层的，两层的？不知凿开天胸，见天有心，天无心呢？不知天心是偏的，是正的呢？不知是嫩天，是老天呢？不知是雄天，是雌天呢？不知是要凿成倒挂天山，赛过地山哩？不知是凿开天口，吞尽阎浮世界哩？就是这等，也不是下界平人有此力量；待我上前问问，便知明白。”

行者当时高叫凿天的长官：“你是哪一国王部下？为何干此奇勾当？”那些人都放了刀斧，空中施礼道：“东南长老在上，我们一干人，叫做‘踏空儿’，住在金鲤村中。二十年前有个游方道士，传下‘踏空’法儿，村中男女俱会书符说咒，驾斗翔云，因此就改金鲤村叫做踏空村，养的男女都叫‘踏空儿’，弄做无一处不踏空了。谁想此地有个青青世界天王，别号小月王。近日来个取经和尚，却是地府豪宾、天宫反寇、齐天大圣、水帘洞主、孙悟空行者第二个师父，大唐正统皇帝敕赐百宝袈裟、五花锡杖、赐号御弟唐僧玄奘大法师。这个法师俗姓陈，果然清清谨谨，不茹荤饮酒，不诈眼偷花，西天颇也去得。只是孙行者肆行无忌，杀人如草，西方一带，杀做飞红血路。百姓言之，无不切齿痛恨。今有大慈国王苦悯众生，竟把西天大路铸成通天青铜壁，尽行夹断；又道孙行者会变长变短，通天青铜壁边又布六万里长一张‘相思网’。如今东天西天截然两处，舟车水陆，无一可通。唐僧大恸。行者脚震，逃走去了。唐僧第二个徒弟八戒，第三个徒弟沙僧，只是一味哭了。唐僧坐下的白马，草也不吃一口了。当时唐僧忙乱场中，立出一个主意，便叫二徒弟不要慌，三徒弟不要慌；他径鞭动白马，奔入青青世界。小月王一见了他，想是前世姻缘，便象一个身子儿相好，把青青世界坚执送与那和尚；那和尚又坚执不肯受，一心要上西天。小月王贴上去，那和尚推开来。贴贴推推，过了数日，小月王无可奈何，便请国中大贤同来商议。有一大贤心生一计：‘只要四方搜寻凿天之人，凿开天时，请陈先生一跃而上，径往玉皇殿上讨了关文，直头到西天——此大妙之事也。’小月王半愁半喜。当时点起人马，遍寻凿天之人，正撞着我一干人在空中捉雁。那些人马簇拥而来，有一个金甲将军，乱点乱触，道：‘正是凿天之人了，正是凿天之人了！’一班小卒把我们围住，个个拿来，披枷戴锁，送上小月王。小月王大喜，叫手下人开了枷，去了锁，登时取出花红酒，赏了我们；强逼我们凿天。人言道：‘会家不忙，忙家不会。’我们别样事倒做过，凿天的斧头却不曾用惯。今日承小月王这等相待，只得磨快刀斧，强学凿天。仰面多时颈痛，踏空多时脚酸。午时光景，我们直凿到申时，才凿得天缝开。哪里晓得又凿着了玉帝殿下，不知不觉把一个灵霄殿光油油骨碌碌从天缝中滚下来。天上大惊小怪，半日才定。却是我们星辰吉利，自家做事，又有那别人当罪。当时天里嚷住，我们也有些恐怕。侧耳而听，只听得一个叫做太上老君对玉帝说：‘你不要气，你不要急。此事决非别人干得，断然是孙行者弼马温狗奴才小儿！如今遣动天兵，又恐生出事来；不若仍求佛祖再压他在五行山下，还要替佛祖讲过，以后决不可放他出世。’我们听得，晓得脱了罪名。想将起来，总之别人当的罪过。又到这里放胆而凿，料得天里头也无第二个灵霄殿滚下来了。只是可怜孙行者，下界西方路上又恨他，上界又怨他，佛祖处又有人送风；观音见佛祖怪他，他决不敢暖眼。看他走到哪里去！”

旁边一人道：“啐！孙猢狲有甚可怜？若无猢狲这狗奴才，我们为何在这里劳苦！”那些执斧操斤之人都嚷道：“说得是，我们骂他！”只听得空中大沸，尽叫：“弼马温！偷酒贼！偷药贼！偷人参果的强盗！无赖猢狲妖精！”一人一句，骂得行者金睛暖昧，铜骨酥麻。

第〇四回

一窦开时迷万镜　物形现处我形亡

却说行者受此无端谤议，被了辱詈，重重怒起，便要上前厮杀。他又心中暗想：“我来的时节，师父好好坐在草里，缘何在青青世界？这小月王断然是个妖精，不消说了。”好行者！竟不打话，一往便跳。刚才转个湾儿，劈面撞着一座城池。城门额上有碧花苔篆成自然之文，却是“青青世界”四个大字。两扇门儿，半开半掩。行者大喜，急急走进，只见凑城门又有危墙兀立，东边跑到西边，西边跑到东边，却无一窦可进。

行者笑道：“这样城池，难道一个人也没有？既没有人，却又为何造墙？等我细细看去。”看了半晌，实无门路。他又恼将起来，东撞西撞，上撞下撞，撞开一块青石皮，忽然绊跌，落在一个大光明去处。行者定睛一看，原来是个琉璃楼阁：上面一大片琉璃作盖，下面一大片琉璃踏板；一张紫琉璃榻，十张绿色琉璃椅，一只粉琉璃桌子，桌上一把墨琉璃茶壶，两只翠蓝琉璃钟子；正面八扇青琉璃窗，尽皆闭着，又不知打从哪一处进来。行者奇骇不已，抬头忽见四壁都是宝镜砌成，团团有一百万面。镜之大小异形，方圆别制，不能细数，粗陈其概：

> 天皇兽纽镜，白玉心镜，自疑镜，花镜，凤镜，雌雄二镜，紫锦荷花镜，水镜，冰台镜，铁面芙蓉镜，我镜，人镜，月镜，海南镜，汉武悲夫人镜，青锁镜，静镜，无有镜，秦李斯铜篆镜，鹦鹉镜，不语镜，留容镜，轩辕正妃镜，一笑镜，枕镜，不留景镜，飞镜。

行者道："倒好耍子！等老孙照出百千万亿模样来。"走近前来照照，却无自家影子，但见每一镜子，里面别有天地日月山林。行者暗暗称奇，只用"带草看法"，一览而尽。忽听耳朵边一人高叫："孙长老，别来多年，无恙？"行者左顾右顾，并无一人，楼上又无鬼气；听他声音，又不在别处。正疑惑间，忽见一兽纽方镜中，一人手执钢叉，凑镜而立，又高叫道："孙长老不须惊怪，是你故人。"行者近前看看，道："有些面熟，一时想不起。"那人道："我姓刘，名伯钦。当年五行山下你出来的时节，我也效一臂之力。顿然忘记，人情可见！"

行者慌忙长揖，道："万罪！太保恩人，你如今作何事业？为何却同在这里？"伯钦道："如何说个'同'字？你在别人世界里，我在你的世界里，不同不同！"行者道："既是不同，如何相见？"伯钦道："你却不知。小月王造成万镜楼台，有一镜子，管一世界，一草一木，一动一静，多入镜中，随心看去，应目而来。故此楼名叫做'三千大千世界'。"行者转一念时，正要问他唐天子消息，辨出新唐真假，忽见黑林中走出一个老婆婆，三两个筋斗，把伯钦推进，再不出来。

行者怏怏自退。看看日色早已夜了，便道："此时将暗，也寻不见师父，不如把几面镜子细看一回，再作料理。"当时从"天字第一号"看起，只见镜里一人在那里放榜，榜文上写着：

第一名廷对秀才 柳春

第二名廷对秀才 乌有

第三名廷对秀才 高未明

顷刻间，便有千万人，挤挤拥拥，叫叫呼呼，齐来看榜。初时但有喧闹之声，继之以哭泣之声，继之以怒骂之声；须臾，一簇人儿各自走散：也有呆坐石上的，也有丢碎鸳鸯瓦砚；也有首发如蓬，被父母师长打赶；也有开了亲身匣，取出玉琴焚之，痛哭一场；也有拔床头剑自杀，被一女子夺住；也有低头呆想，把自家廷对文字三回而读；也有大笑拍案叫“命，命，命”；也有垂头吐红血；也有几个长者费些买春钱，替一人解闷；也有独自吟诗，忽然吟一句，把脚乱踢石头；也有不许僮仆报榜上无名者；也有外假气闷，内露笑容，若曰应得者；也有真悲真愤，强作喜容笑面。独有一班榜上有名之人：或换新衣新履；或强作不笑之面；或壁上题诗；或看自家试文，读一千遍，袖之而出；或替人悼叹，或故意说试官不济；或强他人看刊榜，他人心虽不欲，勉强看完；或高谈阔论，话今年一榜大公；或自陈除夜梦谶；或云这番文字不得意。

不多时，又早有人抄白第一名文字在酒楼上摇头诵念。旁有一少年：“此文为何甚短？”那念文的道：“文章是长的，吾只选他好句子抄来。你快来同看，学些法则，明年好中哩。”两个又便朗声读起。其文曰：

> 振起之绝业，扶进之人伦；学中之真景，治理之完神。何则？此境已如混沌之不可追，此理已如呼吸之不可去。故性体之精未泄，方策之烬皆灵也。总之，造化之元工，概不得望之中庸以下；而鬼神之默运，尝有以得之寸掬之微。

孙行者呵呵大笑，道：“老孙五百年前曾在八卦炉中，听得老君对玉史仙人说着：‘文章气数：尧、舜到孔子是‘纯天运’，谓之‘大盛’；孟子到李斯是‘纯地运’，谓之‘中盛’；此后五百年该是‘水雷运’，文章气短而身长，谓之‘小衰’；又八百年，轮到‘山水运’上，便坏了，便坏了！’当时玉史仙人便问：‘如何大坏？’老君道：‘哀哉！一班无耳无目，无舌无鼻，无手无脚，无心无肺，无骨无筋，无血无气之人，名曰秀才；百年只用一张纸，盖棺却无两句书！做的文字，更有蹊跷混沌：死过几万年还放他不过；尧、舜安坐在黄庭内，也要牵来！呼吸是清虚之物，不去养他，却去惹他；精神是一身之宝，不去静他，却去动他！你道这个文章叫做什么？原来叫做‘纱帽文章’！会做几句，便是那人福运，便有人抬举他，便有人奉承他，便有人恐怕他！’当时老君说罢，只见玉史仙人含泪而去。我想将起来，那第一名的文字，正是‘山水运’中的文字哩。我也不要管他，再到‘天字第二号’去看！”

第〇五回

镂青镜心猿入古　绿珠楼行者揽眉

却说行者看“天字第二号”，一面镂青古镜之中，只见紫柏大树下立一石碑，刊着“古人世界原系头风世界隔壁”十二个篆字。行者道：“既是古人世界，秦始皇也在里头。前日新唐扫地宫人说他有个驱山铎，等我一把扭住了他，抢这铎来，把西天路上千山万壑扫尽赶去，妖精也无处藏身，强盗也无处着落了。”登时变作一个铜里蛀虫，望镜面上爬定，着实蛀了一口，蛀穿镜子。忽然跌在一所高台，听得下面有些人声；他又不敢现出原身，仍旧一个蛀虫，隐在绿窗花缝里窥探。

原来古人世界中有一美人，叫做“绿珠女子”，镇日请宾宴客，饮酒吟诗。当时费了千心万想，造成百尺楼台，取名“握香台”。刚刚这一日有个西施夫人、丝丝小姐同来贺新台，绿珠大喜，即整酒筵，摆在握香台上，以叙姐妹之情。正当中坐着丝丝小姐，右边坐着绿珠女子，左边坐着西施夫人。一班扇香髻子的丫头，进酒的进酒，攀花的攀花，捧色盆的捧色盆，拥做一堆。行者在缝里便生巧诈，即时变作丫头模样，混在中间。

只见那些丫头嘻嘻的都笑将起来，道：“我这握香台真是个握香台，这样标致女子不住在屋里也趱来！”又有一个丫头对行者道：“姐姐，你见绿娘也未？”行者道：“大姐姐，我是新来人，领我去见见便好。”

那丫头便笑嘻嘻的领见了绿娘。绿娘大惊，簌簌吊下泪来，便对行者道：“虞美人，许多时不相见，玉颜愁动，却是为何？”行者暗想：“奇怪！老孙自从石匣生来，到如今不曾受男女轮回，不曾入烟花队里，我几时认得什么绿娘？我几时做过泥美人，铜美人，铁美人，草美人来？既然他这等说，也不要管我是虞美人不是虞美人，耍子一回倒有趣。正叫做将错就错。只是一件：既是虞美人了，还有虞美人配头；倘或一时问及，驴头不对马嘴，就要弄出本色来了；等我探他一探，寻出一个配头，才好上席。”

绿娘又叫：“美人，快快登席，杯中虽淡，却好消闷。”行者当时便做个“风雨凄凉面”，对绿娘道：“姐姐，人言道：‘酒落欢肠。’我与丈夫不能相见，雨丝风片，刺断人肠久矣，怎能够下咽？”绿娘失色道：“美人说哪里话来！你的丈夫就是楚霸王项羽，如今现同一处，为何不能相见？”行者得了“楚霸王项羽”五字，便随口答应道：“姐姐，你又不知，如今的楚王不比前日楚王了！有一宫中女娃，叫做楚骚，千般百样惹动丈夫，离间我们夫妇。或时步月，我不看池中水藻；她便倚着阑干，徘徊如想，丈夫又道她看得媚。或时看花，我不叫办酒；她便房中捧出一个冰纹壶，一壶紫花玉露进上，口称‘千岁恩爷’，临去，只把眼儿乱转，丈夫也做个花眼送她。我是一片深情，指望鸳鸯无底，见他两个把我做搁板上货，我哪得不生悲怨？那时丈夫又道我不睬他，又道难为了楚骚，见在床头取下剑囊，横在背上，也不叫跟随人，直头自去，不知往哪里走了。是二十日前去的，半月有余，尚无音耗。”说罢大哭。绿娘见了，泪湿罗衫半袖。西施、丝丝一齐愁叹。便自是把酒壶的侍女，也有一肚皮眼泪，嘈嘈齐齐，痛上心来。

四人方才坐定，西施便道："今夜美人不快，我三人宛转解他，不要助悲。"登时取六只色子，拿在手中，高叫："筵中姐妹听令：第一掷无幺，各要歌古诗一句，第二掷无二，要各人自家招出云情雨意；第三掷无三，本席自罚一大觥，飞送一客。"西施望空掷下，高叫："第一掷无幺！"绿珠转比娇音，歌诗一句：

夫君不来凉夜长！

丝丝大赞，笑道："此句双关得妙！"他也歌诗一句：

玉人环珮正秋风。

行者当时暗想："这回儿要轮到老孙哩！我别的文字恰也记得几句，说起'诗'字，有些头痛。又不知虞美人会诗的不会诗的。若是不会诗的是还好；若是会的，却又是有头无尾了。”绿娘只叫：“美人歌句！”行者便似谦似推似假似真的应道：“我不会做诗。”西施道：“美人诗选已遍中原，便是三尺孩童也知虞美人是能词善赋之才；今日这等推托！”

行者无奈，只得仰面搜索，呆想半日，向席上道：“不用古人成句好么？”绿娘道：“此事要问令官。”行者又问西施。西施道：“这又何妨。美人做出来，便是古人成句了。”众人侧耳而听，行者歌诗一句：

忏悔心随云雨飞。

绿娘问丝丝道：“美人此句如何？”丝丝道：“美人的诗，哪个敢说他不好？只是此句带一分和尚气。”西施笑道：“美人原做了半月雌和尚。”行者道：“不要嘲人，请令官过盆。”

西施慌忙送过色盆于绿娘。绿娘举手掷下，高叫：“第二掷无二！”西施便道：“你们好招，我却难招。”绿娘问：“姐姐，你有什么难招？”西施道：“啐！故意羞人，难道不晓得我是两个丈夫的！”绿娘道：“面前通是异姓骨肉，有何妨碍？妹子有一道理，请姐姐招一句吴王，招一句范郎。”西施听得，应口便招：

范郎，柳溪青岁；
吴王，玉阙红颜。
范郎，昆仑日誓；
吴王，梧桐夜眠。
范郎，五湖怨月；
吴王，一醉愁天。

绿珠听罢，鼓盏自招：

妾珠一斗，妾泪万石。
今夕握香，他年传雪。

绿珠一字一叹。西施高叫：“大罚！我要招出快活来，却招出不快活来。”绿娘谢罪，领了罚酒。那时丝丝便让行者，行者又让丝丝，推来推去，半日不招。绿娘道：“我又有一法：丝丝姐说一句，美人说一句吧！”西施道：“使不得。楚霸王雄风赳赳，沈玉郎软缓温存，哪里配得来？”丝丝笑道：“不妨，他是他，我是我。待我先招。”丝丝道：

泣月南楼。

行者一时不检点，顺口招道：

拜佛西天。

绿娘指着行者道：“美人，想是你意思昏乱了！为何要拜佛西天起来？”行者道：“文字艰深，便费诠解。天者，夫也；西者，西楚也；拜者，归也；佛者，心也。盖言归心于西楚丈夫。他虽厌我，我只想他。”绿娘赞叹不已。行者恐怕席上久了，有误路程，便佯醉欲呕。西施道：“第三掷不消掷，去看月吧！”当时筵席便散。

四人步下楼来，随意踏些野花，弄些水草。行者一心要寻秦始皇，便使个脱身之计，只叫：“心痛，难忍难忍！放我归去吧！”绿娘道：“心痛是我们常事，不必忧疑；等我叫人请歧公公来替美人看脉。”行者道：“不好不好！近日医家最不可近，专要弄死活人，弄大小病；调理时节，又要速奏功效，不顾人性命，脾气未健，便服参术，终身受他的累了。还是归去！”绿娘又道：“美人归家，不见楚王，又要抱闷；见了楚骚又要恨。心病专忌闷恨。”姐妹们同来留住行者，行者坚执不肯住下。绿娘见她病急，又留她不住，只得叫四个账身侍儿送虞美人到府。行者做个“捧心睡眼面”，别了姊妹。

四个侍儿扶着行者，径下了百尺握香台，往一条大路而走。行者道：“你四人回去罢了。千万替我谢声，并致意夫人、小姐，明日相会。”女使道：“方才出门时节，绿娘吩咐一定送楚王府。”行者道：“你果然不肯回么？看棒！”一条金箍棒早已拔在手中，用力一拨，四个侍儿打为红粉。

行者即时现出原身，抬头看看，原来正是女娲门前。行者大喜道：“我家的天被小月王差一班踏空使者碎碎凿开，昨日反抱罪名在我身上。虽是老君可恶，玉帝不明，老孙也有一件不是，原不该五百年前做出话柄。如今且不要自去投到；闻得女娲久惯补天，我今日竟央女娲替我补好，方才哭上灵霄，洗个明白。这机会甚妙。”走近门边细细观看，只见两扇黑漆门紧闭，门上贴一纸头，写着：

> 二十日到轩辕家闲话，十日乃归。有慢尊客，先此布罪。

行者看罢，回头就走。耳朵中只听得鸡声三唱，天已将明。走了数百万里，秦始皇只是不见。

第〇六回

半面泪痕真美死　一句苹香楚将愁

忽见一个黑人坐在高阁之上，行者笑道：“古人世界里有贼哩！满面涂了乌煤，在此示众。”走了几步，又道：“不是逆贼，原来倒是张飞庙。”又想想道：“既是张飞庙，该戴一顶包巾；纵使新式，只好换做将军帽。皇帝帽子也不是乱戴的。戴了皇帝帽，又是玄色面孔，此人决是大禹玄帝。我便上前见他，讨些治妖斩魔秘诀；我也不消寻着秦始皇了。”看看走到面前，只见台下立一石竿，竿上插一首飞白旗，旗上写六个紫色字：

先汉名士项羽

行者看罢，大笑一场，道：“真个是‘事未来时休去想，想来到底不如心’。老孙疑来疑去，又道是大禹玄帝，又道张飞，又道是逆强盗；谁想一些不是，倒是我绿珠楼上的遥丈夫！”当时又转一念道：“哎哟！吾老孙专为寻秦始皇替他借个驱山铎子，所以钻入古人世界来。楚霸王在他后头，如今已见了，他却为何不见？我有一个道理：径到台上，见了项羽，把始皇消息问他，倒是个着脚信。”

行者即时跳起细看，只见高阁之下，有一所碧草朱栏，鸟啼花乱去处，坐着一个美人。耳朵边只听得叫“虞美人！虞美人！”行者笑道：“绿珠楼上的老孙，如今在这里了。我不要管他死活。”行者登时把身子一摇，仍前变做美人模样，竟上高阁，袖中取出一尺冰罗，不住的掩泪，单单露出半面，望着项羽，似怨似怒。项羽大惊，慌忙跪下。行者背转，项羽又飞趋跪在行者面前，叫：“美人，可怜你枕席之人，聊开笑面。”行者也不做声。项羽无奈，只得陪哭。行者方才红着桃花脸儿，指着项羽道：“顽贼！你为赫赫将军，不能庇一女子，有何颜面坐此高台！”项羽只是哭，也不敢答应。

行者微露不忍之态，用手扶起，道：“常言道：‘男儿两膝有黄金。’你今后不可乱跪！”项羽道：“美人说哪里话来！我见你愁眉一锁，心肺都已碎了。这个七尺躯，还要顾他做甚！你说与我，果是为何？”

行者便道："大王，我也瞒你不得了。我身子有些不快，在藤榻上眠得半个时辰，只见窗外玉兰树上跳出一个猿精，自称五百年前大闹天宫齐天大圣菩萨孙悟空……"项羽听得时，叫跳乱嚷："拿我玉床头刀来！拿我刀来！不见刀，便是虎头戟！"他便自爬头，自打脚，大喝一声："如今在哪里？"

行者低着身子，便叫："大王，不消大恼，气坏了自家身子，等妾慢慢说来。这个猢狲果然可恶！竟到藤榻边来，把妾戏狎。妾虽不才，岂肯作不明不白、贞污谁辨之人！当时便高叫侍女；不知这猢狲念了什么定身诀，一个侍女也叫不来。妾道侍女不来，就有些蹊跷，慌忙丢下团扇，整抖衣裳；那猴头怒眼而视，一把揪住了我，丢我在花雨楼中，转身跳去。我在花雨楼中，急急慌慌，偷眼看他走到哪里去。大王，你道他怎么样？他竟到花阴藤榻之上坐着，变作我的模样，叫儿唤婢；歇歇儿又要迷着大王。妾身不足惜，只恐大王一时真假难分，遭他毒手。妾之痛哭，正为大王！"项羽听罢，左手提刀，右手把戟，大喊一声："杀他！"跳下阁来，一径奔到花阴榻上，斩了虞美人之头，血淋淋抛在荷花池内；吩咐众侍女们："不许啼哭！这是假娘娘，被我杀了。那真娘娘在我的阁上。"

那些侍女们含着泪珠，急忙忙跟了项王走到阁上，见了行者，都各各回愁作喜道："果然真娘娘在此，险些儿吓死婢子也！"项王当日大乐，叫："阁下侍儿，急忙打扫花雨楼中，谨慎摆酒：一来替娘娘压惊，二来贺孤家斩妖却惑之喜。"台下齐声答应。当时阁上的众侍女们都来替行者揉胸做背，进茶送水。也有问："娘娘惊了，不心颤么？"行者道："也有些。"也有问："娘娘不跌坏下身么？"行者道："这个倒不，独有气喘难当。"项王道："气喘不妨，定心坐就好。"

忽有一对侍儿跪在面前："请大王娘娘赴宴。"行者暗想道："我还不要千依万顺他。"登时装做风魔之状，呆睁着两眼，对着项王道："还我头来！"项王大惊，连叫："美人，美人！"行者不应，一味反白眼睛。项王道："不消讲，这是孙悟空幽魂不散，又附在美人身上了。快请黄衣道士到来，退些妖气，自然平复。"顷刻之间，两个侍儿同着一个黄衣道士走上阁来。那道士手执铃儿，口喷法水，念动真言：

> 三皇之时，有个轩辕黄帝，大舜神君。大舜名为虞氏，轩辕姓着公孙。孙虞、虞孙，原是婚姻。今朝冤结，哪得清明？伏愿孙先生大圣老爷行者威灵，早飞上界，再闹天宫，放了虞美人，寻着唐僧。急急如令！省得道士无功，又要和尚来临。

行者叫声："道士！你晓得我是哪个？"道士跪奏："娘娘千岁！"行者乱嚷："道士，道士！你退不得我！我是齐天大圣，有冤报冤，附身作祟。今日是个良辰吉日，决要与虞美人成亲！你倒从中做个媒人，得些媒人钱也是好的。"说罢，又嚷几句无头话。道士手脚麻木，只得又执剑上前，软软的拂一拂，轻喷半口法水，低念一声：“太上老君急急如律令。敕。”“敕”字又不响。

行者暗暗可怜那道士，便又活着两眼，叫声：“大王亲夫在哪里？”项王大喜，登时就赏黄衣道士碎花白金一百两，送他回庙。忙来扶起行者，便叫：“美人，你为何这等吓人？”行者道：“我却不知。但见榻边猢狲又走进来，我便觉昏昏沉沉。被道士一口法水，只见他立脚不定，径往西南去了。如今我甚清爽，饮酒去吧！”项羽便携了行者的手，走下高阁，径到花雨楼中坐定。但见凤灯摇秀，桂烛飞晖，众侍女们排班立定。

酒方数巡，行者忽然起身，对项羽道：“大王，我要睡。”项羽慌忙叫苹香丫头点灯。两个又携了手，进入洞房，吃盏岕茶，并肩坐在榻上。行者当时暗想：“若是便去了，又不曾问得秦始皇消息；若是与他同入帐中，倘或动手动脚，那时依他好，不依他好？不如寻个脱身之法。”便对项羽道：“大王，我有句话，一向要对你说，只为事体多端，见着你就忘记了。妾身自随大王，指望生男长女，永为身后之计；谁想数年绝无影响。大王又恋妾一身，不肯广求妃嫔。今大王鬓雪飘扬，龙钟万状；妾虽不敏，窃恐大王生为孤独之人，死作无嗣之鬼。苹香这侍儿天姿翠动，烟眼撩人，吾几番将言语试她，倒也有些情趣。今晚叫她伏侍大王。”

项王失色道：“美人，想是你日间惊偏了心哩！为何极醋一个人，说出极不醋一句话？”行者陪笑道：“大王，我平日的不容你，为你自家身子；今日的容你，为你子孙。我的心是不偏，只要大王后日不心偏。”项王道：“美人，你便说一万遍，我也不敢要苹香。难道忘了五年前正月十五日观灯夜同生同死之誓，却来戏我？”行者见时势不能，又陪笑道：“大王，只怕大王抛我去了，难道我肯抛大王不成？只是目下有一件事，又要干渎。”

第〇七回
秦楚之际四声鼓　真假美人一镜中

项羽便问美人何事。行者道：“我日间被那猴头惊损心血，求大王先进合欢绮帐，妾身暂在榻上闲坐一回，还要吃些清茶，等心中烦闷好了才上床。”项羽便抱住行者道：“我岂有丢美人而独睡之理？一更不上床，宁愿一更不睡；一夜不上床，情愿一夜不睡。”

当时项羽又对行者道：“美人，我今晚多吃了几杯酒，五脏里头结成一个磈磊世界。等我讲平话，一当相伴，二当出气。”行者娇娇儿应道：“愿大王平怒，慢慢说来。”项王便慷慨悲愤，自陈其概，一只手儿扯着佩刀，把左脚儿斜立，便道：“美人，美人，我罢了！项羽也是个男子，行年二十，不学书，不学剑，看见秦皇帝蒙瞳，便领着八千子弟，带着七十岁范增，一心要做秦皇帝的替身。那时节，有个羽衣方士，他晓得些天数；我几番叫个人儿去问他，他说秦命未绝。美人，你道秦命果然绝也不绝？后边我的威势猛了，志气盛了，造化小儿也做不得主了；秦不该绝，绝了；楚不该兴，兴了。俺一朝把血腥腥宋义的头颅儿挂起，众将官魂儿飞了，舌儿长了，两脚儿震了，那时我做项羽的好耍子也！章邯来战，俺便去战。这时节，秦兵的势还盛，马前跳出一员将士；吾便喝道：‘你叫什么名字？’那一员将士见了我这黑漫漫的脸子，听得我廓落落的声音，噗的一响，在银花马上翻在银花马下。那一员将，吾倒不杀他。歇歇儿，又有一个大将，闪闪儿的红旗上，分明写着‘大秦将军章’。吾想秦到这个田地也不‘大’了，忽然失声在战场上呵呵的笑。不想那员将军见俺的笑脸儿，他便骨头粉碎了，一把枪儿横着，半个身儿斜着，把一面令旗儿乱招着，青金锣儿敲着，只见一个金色将军看定自家的营中趱着。那时俺在秦营边，发起火性，便骂章邯：‘秦国的小将！你自家不敢出头，倒教三四尺乳孩儿拿着些柴头木片，到俺这里来祭刀头！’俺的宝刀头说与我：‘不要那些小厮们的血吃，要章邯血吃！’我便听了宝刀头的说话，放了那厮。美人，你道章邯怎么样？天色已暮了，章邯那厮，径领着一万的精兵，也不开口，也不打话，提着一把开山玉柄斧，望俺的头上便劈。俺一身火热，宝刀口儿也喇喇的响了。左右有个人叫做高三楚，他平日有些志气。他说：‘章邯不可杀他，还好降他。我帐中少个烧火军士，便把这个职分赏了章邯吧。’俺那时又听了高三楚的说话，轻轻把刀梢儿一拨，斩了他坐下花蛟马，放他走了。那时节，章邯好怕也！”

行者低声缓气道：“大王，且吃口茶儿，慢慢再讲。”项羽方才歇得口，只听得樵楼上鼕鼕响，已是二更了。项羽道：“美人，你要睡未？”行者道：“心中还是这等烦闷。”项羽道：“既是美人不睡，等俺再讲。次日平明，俺还在那虎头帐里呼呼的睡着，只听得南边百万人叫‘万岁！万岁！’，北边百万人也叫‘万岁，万岁’，西边百万人也叫‘万岁’，东边百万人也叫‘万岁’。俺便翻个身儿，叫一贴身的军士问他：‘想是秦皇帝亲身领了兵来与俺家对敌？他也是个天子，今日换件新甲？’美人，你便道那军士怎么样讲？那军士跪在俺帐边嗒嗒的说：‘大王差了，如今还要讲起“秦”字！八面诸侯现在大王玉帐门前，口称“万岁”。’俺见他这等说，就急急儿梳了头戴盔，洗了足穿靴，也不去换新甲，登时传令叫天下诸侯都进辕门讲话。巳时传的号令，午时牌儿换了，未时牌儿又换了，只见辕门外的诸侯再不进来，俺倒有些疑惑，便叫军士去问那诸侯：‘既要见俺，却不火速进见，倒要俺来见你？’我的说话还有一句儿不完，忽然辕门大开，只见天下的诸侯王个个短了一段。俺大惊失色，暗想：‘一伙英雄，为何只剩得半截的身子？’细细儿看一看，原来他把两膝当了他的脚板，一步一步挨上阶来，右帐前拜倒几个衮冕珠服人儿，左帐前拜倒几个衮冕珠服人儿。我那时正要喝他为何半日叫不进来，左右禀：‘大王，那阶下的诸侯接了大王号令，便在帐前商议，又不敢直了身子走进辕门，又不敢打拱，又不敢混杂；众人思量伏在地上，又走不动，商商量量，愁愁苦苦，忧忧闷闷，慌慌张张，定得一个“膝行法”儿，才敢进见。’俺见他这等说话，也有三分的怜悯，便叫天下诸侯抬起头来。你道哪一个的头儿敢动一动？哪一个的脚儿敢摇一摇？只听得地底上洞洞儿一样声音，又不是钟声，又不是鼓声，又不是金笳声；定了性儿听听，原来是诸侯口称‘万岁’，不敢抬头。想当年项羽好耍子也！”

行者又做一个“花落空阶声”，叫：“大王辛苦了，吃些绿豆粥儿，消停再讲。”项羽方才住口。听得谯楼上鼕鼕鼕三声鼓响，行者道：“三更了。”项羽道：“美人心病未消，待俺再讲：此后沛公有些不谨，害俺受了小小儿的气闷，俺也不睬他，竟入关中。只见一个人儿在十里之外，明明戴一顶日月星辰珠玉冠，穿一件山龙水藻、黼黻文章衮，驾一座蟠龙缉凤、画绿雕青神宝车，跟着几千个银艾金章、悬黄佩紫的左右，摆一个长蛇势子，远远的拥来。他在松林夹缝里忽然见了俺。那时节，前面这一个人慌忙除了日月星辰珠玉冠，戴着一顶庶人麻布帽；脱了山龙水藻、黼黻文章衮，换了一件青又白、白又青的凄凉服；下了蟠龙缉凤、画绿雕青神宝车，把两手儿做一个背上拱。那一班银艾金章、悬黄佩紫的都换了草绦木带，涂了个朱红面，倒身俯伏，恨不得钻入地里头几千万尺！他们打扮得停停当当；俺的乌骓马去得快，一跨到了面前。只听得道旁叫：‘万岁爷！万岁爷！’俺把眼梢儿斜一斜；他又道：‘万岁爷爷！我是秦皇子婴，投降万岁爷爷的便是。’俺当年气性不好，一时手健，一刀儿苏苏切去，把数千人不论君臣，不管大小，都弄做个无头鬼。俺那时好耍子也！便叫：‘秦皇的幽魂，你早知今日。……’”

却说行者一心原为着秦始皇，忽然见项羽说这三个字，便故意放松一步道：“大王，不要讲了，我要眠。”项羽见虞美人说要眠，哪敢不从，即便住口。听得谯楼上鼕鼕鼕鼕鼕打了五声更鼓，行者道：“大王，这一段话得久了，不觉跳过四更。”行者就眠倒榻上；项羽也横下身来，同枕而眠。行者又对项羽道：“大王，吾只是睡不稳。”项羽道：“既是美人不睡，等我再讲平话。”行者道：“平话便讲，如今不要讲这些无颜话！”项羽道：“怎么叫做无颜话？”行者道：“话他人叫做有颜话，话自己叫做无颜话。我且问你：秦始皇如今在那里？”项羽道：“咳！秦始皇亦是个男子汉；只是一件：别人是乖男子，他是个呆男子。”行者道：“他并吞六国，筑长城，也是有智之人。”项羽道：“美人，人要辨个智愚、愚智。始皇的智是个愚智。元造天尊见他蒙瞳得紧，不可放在古人世界，登时派到蒙瞳世界去了。”

行者听得“蒙瞳世界”四字，却又是个望空，慌忙问：“蒙瞳世界相去有几里路程？”项羽道：“还隔一个未来世界哩。”行者道：“既是蒙瞳世界还隔一未来世界，哪个晓得他在蒙瞳世界？”项羽道：“你却不知。原来鱼雾村中有两扇玉门，里边有条伏路，通着未来世界；未来世界中又有一条伏道通蒙瞳世界。前年有一个人名唤新在，别号新居士，他也胆大，一日，推开玉门，竟往蒙瞳世界去，寻着父亲；归家来时，须发尽白。那新居士走了一遭，原不该走第二遭了，他却不肯安心，歇得三年，重出玉门，要去寻他外父；当时大禹玄帝重重大怒，不等他回来，叫人拿一张封皮封了玉门关。新居士在蒙瞳世界出来，见了玉门关儿紧闭，叫了一日，无人答应。东边不收，西边不管，这中人却是难做。喜得新居士是有性情的，住在未来世界过了十多年，至今还不归家。”行者便叫：“大王，玉门果是奇观，我明日要去看看。”项王道：“这个何难。此处到鱼雾村不过数步。”

正说之间，听得鸡声三唱，八扇绿纱窗变成鱼肚白色，渐渐日出东山，初昕鼓舞。四个赠嫁在窗外走动，但有脚声，无口声。行者便叫：“苹香，吾要起身。”一个赠嫁在窗外应道：“叫来。”

顷刻，苹香推进房门；项羽扶了行者一同走起。登时就有一个赠嫁趋进：“请娘娘到天歌舍梳洗。”行者便要走动，又转一念道：“若是秃秃光光，失美人的风韵。”轻轻推开绿纱窗两扇，摘一瓣石榴花叶，手里弄来弄去，仍旧丢在花砌之上。

行者转身便走。不多时，走到天歌舍，只见一只水磨长书桌上，摆一个银漆盒儿，合着一盒月殿奇香粉；

银盒右边排着一个碧琉璃盏儿，放一盏桃浪胭脂絮；银盒左边排着一个紫花盂，盂内放一根缠头带；又有一个细壶儿，放一壶画眉青黛。东边排大油梳一个，小油梳三个；西边排着青玉油梳一套，次青玉油梳五斜，小青玉油梳五斜；西南排大九纹犀油梳四枚，小赤石梳四枚；东北方排冰玉细瓶，瓶中一罐百香蜜水，又有一只百乳云纹爵，爵中注着六七分润指甲的酒浆；西北摆着方空玉印纹石盆，盆中放清水，水中放着几片奇石子，石子上横放一只竹节柄小棕刷；东南方摆着玄软刷四柄，小玄软刷十柄，人发软刷六柄；人发软刷边又排一个水油半面梳一斜，牙方梳二斜，又有金钳子一把，玉镶剪刀一把，洁面刀一把，清烈蔷簇露一盏，洗手菉米粉一钟，绿玉香油一盏，都摆在一面青铜古镜边。

行者见了镜子，慌忙照照，看比真美人何如，只见镜中自己形容更添颜色。当时便有侍女儿簇拥行者，做髻的做髻，更衣的更衣。晓妆才罢，又见项羽跳入阁来，嚷道："美人，玉门前去也！"行者大喜。项羽叫打轿；行者道：“大王这样不知趣！一步两步的路，又都是松阴柏屋之下；俗嗒嗒打什么轿！”项羽就叫不许打轿。两人携手出阁，不多时，走到玉门关下；两扇门上也不见什么封皮，两手推推，玉门半开。行者暗想：“此时不走，等待何时？”便把身子一闪，闪进玉门关；项羽慌慌张张，嗒嗒吃吃，扯住一把衣裳，又扯了一个空，扑的一跌。行者全然不顾，竟自走了。

却说行者撞入玉门，原来是一直滚下去的。滚下数里，耳朵里只听得楚王哭声，侍儿号叫；又滚下数里，才不听得，只是未来世界再不肯到。行者心焦，便嚷道：“哎哟，哎哟！老孙一向骗别人，今日反被项羽骗入无量井了！”忽听得耳边叫：“大圣不用忧煎！此处一大半路，再走一小半便是未来世界。”行者道：“大哥，你在哪里说话？”那人道：“大圣，我在你隔壁。”行者道：“既然如此，开了门等我进来吃口茶水。”那人道：“这里是无人世界，没得茶吃。”行者道：“既是无人，话无人的是哪个？”那人道：“大圣多的聪明，今日又呆！我是离身数的，却不曾连身数。”

行者见门儿不开，赌个气，苦用力一滚，直落下未来世界。刚刚立得地上，走得几步，对面撞见当年六贼。行者笑道：“啐！时运不济，白日里见鬼！”六贼便喝：“美妇人休走，等我来剥下衣裳，留下些宝物买路！”

第〇八回

一入未来除六贼　半日阎罗决正邪

原来行者做虞美人时节，忙忙然撞入玉门，便一心只想未来世界如何长短，不曾现得原身。当时听得六贼之言，方才猛省，慌忙抹抹脸，叫：“六贼看棒！”那六贼心胆俱碎，跪在道旁，哀哀告上：“大圣慈悲菩萨！我等当年在枯藤古树之下，不该挡你师父，恼了大圣尊性，弟兄六个，一时横死。那时一点灵魂奔入古人世界。古人世界道是我有个贼名头，不肯收留，只得权到这里，堂堂正正，剽掠过日，并无半件不良的事业。伏望大圣放生。”行者道：“我放得你，你却放不得我。”登时拔出棒来，打为肉饼。望前便走，一心要寻伏道。

忽然一对青衣童子一把扯住行者，道：“大圣爷来得好，来得好！我们阎罗天子得病而亡，上帝有些起工动作之忙，没得工夫派出姓氏，竟不管阴司无主。今日大圣爷替我们权管半日，极为感激！”大圣想想：“若又错过半日，明早才好见始皇哩。万一师父被妖精弄死，怎了，怎了！不如回那童子去吧。”便叫：“儿，我别的事做得，若是阎罗天子，断然做不得。

我做人虽然直达，却是一时性躁，多致伤人，万一阴司有张状词，原告走来，说得是，我便忽然愤怒，拔出棒来打得被告稀烂。若是没有公道硬中证的还好；一时间有个中证，直头跪上前来，又说原告不是，被告可怜，叫我怎么样？”青衣道：“大圣差了。生死关头在你手里，又怕哪个哩？”也不管行者肯不肯，一把扯进鬼门关，高叫：“各殿出来迎接，我寻得一个真正阎罗天子来也！”

行者无奈，只得升了正堂。当时有个随身判官徐显，捧上玉玺，请行者权掌。阶下赤发鬼、青牙鬼，一班无主无归昏沦鬼，共八十四万四千六百个；殿前七尺判官、花身判官、总巡判官、主命判官、日判、月判、芙蓉判官、水判官，铁面判官、白面判官、缓生判官、急死判官、照奸判官、助正判官、女判官等，共五百万零十六人，呈上连名手本，口称“千岁”；又有九殿下进谒。行者通打发出去。当时主簿曹判使跪倒阶下，送上生死簿子。行者接在手中翻着，心中暗想：“我前日打杀一干男女，不知他簿子上可曾记着不曾记着?”又翻了一页，道:“万或记在上边，孙悟空打死男女几千人，我如今隐忍好，还是出牌票好?”

正踌躇间，忽然醒悟道:“啐!吾老孙当年赶到此间，把姓孙的多已抹倒;那一班小猢狲还靠我的福荫，功罪两无。况且老孙自家干事，哪一名小鬼敢报?哪一个判官敢记哩?”便顺手翻翻，掷落阶下。曹判使依旧捧在手中，傍着左柱立起。行者便叫曹判使:“你去取一部小说来与我消闲。”判使禀:“爷，这里极忙，没得工夫看小说。”便呈上一册黄面历，又禀:“爷，前任的爷都是看历本的。”

行者翻开看看，只见打头就是十二月，却把正月住脚;每月中打头就是三十日，或二十九日，又把初一做住脚，吃了一惊道:“奇怪!未来世界中历日都是逆的，到底想来不通。”正要勾那造历人来问他，只见一个判官上堂禀:“爷，今日晚堂该问宋丞相秦桧一起。”行者暗想道:“当时秦桧必然是个恶人，他若见我慈悲和尚的模样，哪里肯怕？”便叫判官：“拿坐堂衣服过来。”

行者便头戴平天九旒冠，身穿绕蛟袍，脚踏一双铁不容情履。案上摆着银朱锡砚一个，铜笔架上架着两管大红朱笔。左边排着幽冥皂隶签筒一个，判官总名签筒一个，值堂判官签筒一个，无名鬼使签筒三个。

登时又派起五项鬼判：一项绿袍判官，领着青面青皮青牙青指青毛五百名剐秦精鬼；一项黄巾判官，带着金面金甲金臂金头金眼金牙五百名除秦厉鬼；一项红须判官，领着赤面赤身赤衣赤骨赤胆赤心五百名羞秦精鬼；一项白肚判官，领着素肝素肺素眼素肠素身素口五百名诛秦小鬼；一项玄面判官，领着黑衣黑裙黑毛黑骨黑头黑脚只除心儿不黑五百名挞秦佳鬼。配了五色，按着五行，立在五方，排做五班，齐齐立在畏志堂前。

又派一项雪白包巾、露筋出骨、沉香面孔、铜铃眼子的巡风使者，管东边帘外；一项血点包巾、露筋出骨、粉色面皮、峨象鼻子的巡风使者，管西边帘外；着一个徐判官总管。

又派一项草头花脸、虫喉风眼、铁手铜头的解送鬼六百名，着崔判官管了；一项虎头虎口、牛角牛脚、鱼衣蛟色的送书传帖鬼使一百名；一项迎宾送客、葱花帽子阴阳生；一项卷帘刷地的蓬首鬼二百名；一项九龙脚凤凰头的奏乐使者七百名。

行者便叫小鬼把铁风旗杆儿竖起了。判宫传旨，帘外齐齐答应，擂鼓一通。铁杆立起，闪闪烁烁二面大白旗分明写着“报仇雪恨，尊正诛邪”八个纯金字。行者看立旗杆，登时出张告示：

> 正堂孙：天道恢恢，法律无情。一切掌善司恶刑使，毋得以私犯公，自投严网。“三月 日 示”。

告示挂毕，帘外齐声大喊，擂鼓一通。行者又出吊牌一起："秦桧"。判官跪接牌儿，飞奔出帘，挂在东边栋柱。帘外大震，擂鼓一通。

行者便叫卷帘。有数个鬼使飞趋走进，把斗虎帘儿高挂。只见众判官排班，雁行雁视，两边对立。外面又擂鼓一通，吹起海角，击动云板石，闹纷纷送进一首白纸旗儿，上写：

偷宋贼秦桧

到了头门，头门上鬼使高叫："偷宋贼秦桧牌进！"帘外齐声答应，擂鼓一通，重复吹起海角，击动云板石；殿中青牙判使便撞起夺邪钟，头门上发擂，二门上也发擂，帘外也发擂，烟飞斗乱。头门鬼使高叫："秦桧进！"帘内五项鬼判，帘外众项鬼使，同声吆喝，响如霹雳。

鼓声才罢，行者便叫："放下秦桧绑子，细细问他。"

一千个无职雄风鬼慌忙解下绳来，把秦桧一揪揪下石皮，踢了几脚。秦桧伏在地上，不敢做声。行者便叫："秦丞相请了。"

第〇九回

秦桧百身难自赎　大圣一心皈穆王

掌簿判官将善恶簿子呈上御览。行者看罢，便叫："判官，为何簿上没有那秦桧的名字？"判官禀："爷，秦桧罪大恶极，小判不敢混入众鬼丛中，把他另写一册，夹在簿子底下。"行者果然翻出一张《秦桧恶记》，从头看去：

> 会金主吴乞买以桧赐其弟挞懒；挞懒攻山阳，桧遂首建和议。挞懒纵之使归，遂与王氏俱归。

行者道："秦桧，你做了王臣，不思个出身扬名，通着金人，是何道理？"秦桧道："这是金人弄说，与桧全没相干。"行者便叫一个银面玉牙判使取"求奸水鉴"过来。鉴中分明见一秦桧，拜着金主，口称"万岁"。金主附耳，桧点头；桧亦附耳，金主微笑。临行，金主又附耳，桧叫："不消说，不消说！"

行者大怒道："秦桧！你见鉴中的秦桧么？"秦桧道："爷爷，鉴中泰桧却不知鉴外秦桧之苦。"行者道：

“如今他也知苦，快了！”叫铁面鬼用通身荆棘刑。一百五十名铁面鬼即时应声，取出六百万只绣花针，把秦桧遍身刺到。又读下去：

> 绍兴元年除参知政事，桧包藏祸心，
> 唯待宰相到身。

行者仰天大笑道：“宰相到身，要待他怎么？”高总判禀：“爷，如今天下有两样待宰相的：一样是吃饭穿衣娱妻弄子的臭人，他待宰相到身，以为华藻自身之地，以为惊耀乡里之地，以为奴仆诈人之地；一样是卖国倾朝，谨具平天冠，奉申白玉玺，他待宰相到身，以为揽政事之地，以为制天子之地，以为恣刑赏之地。秦桧是后边一样。”行者便叫小鬼掌嘴。一班赤心赤发鬼一齐拥住秦桧，巳时掌到未时还不肯住。行者倒叫：“赤心鬼不必如此，后边正好打哩。”又读下去：

> 八月，拜右仆射；九月，吕颐浩再相，

桧同秉政。桧风其党，建言内修外攘，出颐浩于镇江。上尝谓学士綦崇礼曰："桧欲以河北人还金，中原人还刘豫。若南人归南，北人归北，朕北人，将安归乎？"

行者道："宋皇帝也是真话。到了这个时节，布衣山谷，今日闻羽书，明日见朝报，哪个不有青肝碧血之心？你的三公爵、万石侯是谁的？五花绶、六柳门是谁的？千文院、百销锦是谁的？不想上报国恩，一味伏奸包毒，使九重天子不能保一尺的栋梁，还是忠呢，还是奸？"秦桧道："桧虽愚劣，原有安保君王、宴宁天室之意。'南人归南，北人归北'，此是一时戏话。爷爷，不作准也罢了！"行者道："这个不是戏的！"叫抬小刀山过来。两个蓬头猛鬼抬出小刀山，把一个秦桧血淋淋拖将上去。行者道："此是一时耍子。秦丞相，你不准也罢了。"说罢大笑。又看下去：

八年拜右仆射。金使议和，与王伦俱至，桧与宰执共入见。桧独留身，言：“臣僚畏首畏尾，不足与断大事。若陛下决欲讲和，乞专与臣议。”帝曰：“朕独委卿。”桧曰：“愿陛下更思三日。”

行者道：“我且问你：你要图成和议，急如风火，却如何等得这三日过呢？万一那时有个廷臣，喷血为盟，结一忠臣丢命党，你的事便坏了。”秦桧道：“爷爷，那时只有秦皇帝，哪有赵皇帝？犯鬼有个朝臣脚本，时时藏在袖中。倘有朝廷不谨，反秦姓赵，那官儿的头颅登时不见。爷爷，你道丢命忠臣，盘古氏到再混沌也有得几个？当日朝中纵有个把忠臣，难道他自家与自家结党？党既不成，秦桧便安康受用。”行者道：“既如此，你眼中看那宋天子殿上像个什么来？”秦桧道：“当日犯鬼眼中，见殿上百官都是蚂蚁儿。”行者叫：“白面鬼，把秦桧碓成细粉，变成百万蚂蚁，以报那日廷臣之恨！”

白面精灵鬼一百名得令，顷刻排上五丈长一百丈阔一张碓子，把秦桧碓成桃花红粉水；水流地上，便成蚂蚁微虫，东趱西走。行者又叫吹嘘王掌簿，吹转秦桧真形，便问："秦桧，如今还是百官是蚂蚁，还是丞相是蚂蚁？"秦桧面皮如土，一味哀号。

行者又道："秦桧，你如今再说，你当日看宋天子像个什么来？"秦桧道："犯鬼站立朝班，看见五爪丝龙袍，是我箧中旧衣服；看见平天冠，是我破方巾；看见日月扇，是我芭蕉叶；看见金銮殿，是我书房屋；看见禁宫门，是我卧榻房。若说起赵陛下时，但见一只草色蜻蜓儿，团团转的舞也。"行者道："也罢，我便劳你做做天子！"叫天煞部下幽昭都尉把秦桧滚油海里洗浴；拆开两胁，做成四翼，变作蜻蜓模样。

行者又叫吹转真形，便问秦桧："我且问你，你这三日闲不过，怎么消闲？"秦桧道："秦桧哪得工夫？"行者道："你做奸贼，不要杀西戎，退北虏；

不要立纲常，正名分，有甚没工夫呢？”秦桧道：“爷爷，我三日里看官忙，看着心姓秦的，便把银朱红点着名姓上；点大的大姓秦，点小的小姓秦。大姓秦的，后日封官大些；小姓秦的，后日封官时节小小儿吃亏。又有一种不姓秦又姓秦，不姓赵又姓赵的空着，后日竟行斥逐罢了。撞着稍稍心姓赵的，却把浓墨涂圈，圈大罪大，圈小罪小，或灭满门，或罪妻孥，或夷三党，或诛九族，凭着秦桧方寸儿。”

行者大怒，高叫：“张、邓两兄！张、邓两兄！你为何不早早打死他，放他在世界之内，干出这样勾当！也罢，邓公不用霹雳，还有孙公霹雳！”便叫一万名拟雷公鬼使，各执铁鞭一个，打得秦桧无影无踪。行者又叫判官吹转真形。却把册子再看：

> 三日过了，复留身，秦事如故，帝意已动矣。桧犹恐其变也，曰：“望陛下更思三日。”又三日，和议乃决。

行者道："你这三日怎么闲得过？"秦桧道："犯鬼三日也没得闲。吾入朝时，见宋陛下和议已决，甜蜜蜜的事体做得成了。出得朝门，随即摆上家宴，在铜乌楼中为灭宋扶金兴秦立业之贺，大醉一日。次日，家中大宴；心姓秦的官儿，当日便奏着金人乐，弄个'飞花刀儿舞'，并不用宋家半件东西，说宋家半个字眼，又大醉一日。第三日，独坐扫忠书室，大笑一日，到晚又醉。"行者道："这三日倒有些酒趣。今日还有几杯美酒，奉献丞相！"便叫二百名钻子鬼扛出一坛人脓水，灌入秦桧口中。

行者仰天大笑，道："宋太祖辛辛苦苦的天下，被秦桧快快活活儿送了！"秦桧道："今日这个人脓酒忒不快活！咳！爷爷，后边做秦桧的也多，现今做秦桧的也不少，只管叫秦桧独独受苦怎的？"行者道："谁叫你做现今秦桧的师长，后边秦桧的规模！"登时又叫金爪精鬼取锯子过来，缚定秦桧，解成万片。旁边吹嘘判官慌忙吹转。行者又看册子：

和议已决，秦桧挟金人以自重。

行者又叫：“秦桧，你挟金人的时节，有几百斤重呢？”秦桧道：“我挟金人却如铁打泰山一般重。”行者道：“你知泰山几斤？”秦桧道：“约来有千万斤。”行者道：“约来的数不确，你自家等等分厘看！”叫五千名铜骨鬼使，抬出一座铁泰山压在秦桧背上。一个时辰，推开看看，只见一枚秦桧变成泥屑。行者又叫吹转，再勘问他。看册子：

诸将所向奏捷，而桧力主班师。九月，诏还诸路将军。

行者便问：“那诸将飞马还朝的呢，步行还朝的呢？”判官禀：“爷，这个自然飞马回来的。”行者便叫变动判官，立时把秦桧变作一匹花蛟马。数百恶鬼，骑的骑，打的打。半个时辰，行者方叫吹转原身。又看册子后边云：

> 一日奉十二金牌，令岳飞班师。飞既归，所得州县，寻复失之。飞力请假兵柄，不许，兀术遗桧书，桧以为然。以谏议大夫万俟卨与飞有怨，风卨劾飞；又谕张俊令劾王贵，诱王俊诬告张宪谋还飞兵。桧遣使捕飞父子证张宪事。初命何铸鞫之，裳忽自裂，露出背上“尽忠报国”四字，深入肤理。既而阅实无左验，铸明其无辜。改命万俟卨。卨入台月余，狱遂上。于是飞以众证坐死，时年三十九。

行者便叫：“秦桧，岳将军的事如何？”说声未罢，只见阶下有一百个秦桧伏在地上，哀哀痛哭。行者便叫：“秦桧，你一个身子也够了。宋家哪得一百个天下！”秦桧道：“爷爷，别的事还好，若说岳爷一件，犯鬼这里没有许多皮肉受刑；问来时，没有许多言语答应；一百个身子，犯鬼还嫌少哩！”行者便吩咐各衙门判官，各人带一个秦桧去勘问用刑。登时九十九个秦丞相到处分散。只听得这边叫："岳爷的事，不干犯鬼！那边叫："爷爷台下！饶犯鬼一板，也是好的。"

行者心中快畅，便对案前判使道："想是这件事情，原没处说起刑法的了？"曹判使不敢回言，只将手中册本呈上御览。行者展开一看，原来是各殿旧案卷。第一张案上写着：

> 本殿严：秦桧秉青蝇之性，构赤族之诛；岳爷存白雪之操，壮黄旗之烈。桧名"愚贼"；飞曰"精忠"。

行者道："这些通是宽语，'愚'字也说不倒秦桧。"

第二张案：

> 本殿黎：秦桧构弥纶，楚骚悱恻……

行者道："可笑那秦桧的恶端说不尽，还有闲工夫去炼句！正所谓'文章之士，难以决狱'。不消看完了。"便展第三张案：

本殿唐：吊岳将军诗：
谁将三字狱，堕此万里城？
北望真堪泪，南枝空自萦。
国随身共尽，相与虏俱生。
落日松风起，犹闻剑戟鸣。

行者道："这个诗儿倒说得斩钉截铁。"便叫："秦桧，唐爷的诗句上'相与虏俱生'那五个字，也是'五字狱'了，拿来配你这'三字狱'，何如？我如今也不管你什么'三字狱'，也不用唐爷的'五字狱'，自家有个'一字狱'。"

判官禀："为何叫做'一字狱'？"行者道："剐！"登时着一百名蓬头鬼扛出火灶，铸起十二面金牌。帘外擂鼓一通，趱出无数青面獠牙鬼，拥住秦桧，先剐一个“鱼鳞样”，一片一片剐来，一齐投入火灶。鱼鳞剐毕，行者便叫正簿判官销第一张金牌。判宫销罢，高声禀：“爷，召岳将军第一张金牌销。”擂鼓一通。左边跳出赤身恶使，各各持刀来剐秦桧，剐一个“冰纹样”。

行者又叫正簿判官销了第二张金牌。判官如命，高声禀：“爷，召岳将军第二张金牌销。”擂鼓一通。东边又走出十名无目无口血面朱红鬼，也各持刀来剐，剐一个“雪花样”。判官销牌讫，高声禀：“爷，召岳将军第三张金牌销。”擂鼓一通。

忽然头门上又擂起鼓来，一个鱼衣小鬼捧着一大红帖儿呈上；行者扯开便看，帖上写着五个字：

宋将军飞拜

曹判官见了，登时送上一册历代臣子案卷。行者又细览一遍，把岳飞事实切记在心头。

门上又击鼓，帘外吹起金笳，大吹大擂了半个时辰；一员将军走到面前。行者慌忙趋下正殿，侧着身子打一拱，道："将军请！"到了阶上，又打一深拱。刚刚进得帘内，好行者，纳头便拜，口称："岳师父，弟子一生有两个师父：第一个是祖师；第二个是唐僧；今日得见师父，是我第三个师父，凑成三教全身。"岳将军谦谦不已。行者哪里听他，一味是拜，便叫："岳师父，弟子今日有一杯血酒替师父开怀。"岳将军道："多谢徒弟！只恐我吃不下。"

行者当时密写一封书，叫："送书的小鬼哪里？"一班牛头虎角齐齐跪上，禀："爷，有何吩咐？"行者道："我要你们上天。"牛头禀："爷，我一干沉沦恶鬼，哪能够上天？"行者道："只是你没个上天法儿，上天也不是难事。"把片纸头变作祥云，将书付与牛头。忽然想着："前日天门紧闭，不知今日开也不开？"便叫："牛头，你随着祥云而走；倘或天门闭上，你径说幽冥文书送到兜率宫中去的。"

行者打发牛头去了，又叫："岳师父！弟子欢喜无限，替你续成个偈子。"岳将军道："徒弟，我连年马上，不曾看一句佛书，不曾说一句禅话，有何偈子可续？"行者道：师父且听我续来：

有君尽忠，为臣报国；
个个天王，人人是佛。

行者方才一念罢，只见牛头鬼捧着回书，头上又顶一紫金葫芦，突然落在阶前。行者便问："天门开么？"牛头禀："爷，门大开。"呈上老君回书，云：

> 玉帝大乐，为大圣勘秦桧字字真、棒棒切也。金葫芦奉上，单忌金铁钻子。望大圣留心。至于凿天一事，其说甚长，面时再悉。

行者看罢，大笑道："老孙当初在莲花洞里原不该钻坏了他的宝贝，这个老头儿今日反来尖酸我了！"便对岳将军打一拱道："师父，你且坐一回，等徒弟备血酒来。"

第一十回

万镜台行者重归　葛藟宫悟空自救

行者接得葫芦儿在手，便叫判官立在身边，附耳低言；不知说些什么，将葫芦付与判官。判官便到阶下跳起空中，叫："秦桧，秦桧！"桧时心已死，而气犹存，应了一声，忽然装入葫芦里面。行者看见，叫："拿来，拿来！"判官慌忙趋进帘内，把葫芦递还行者。行者帖一张"太上老君急急如律令"封皮，封了口子。一时三刻，秦桧化为脓水。便叫判官取出金爪杯，把葫芦底朝上，倒出血水。

行者双手举杯，跪进岳将军，道："请师父吃秦桧的血酒。"岳将军推开不饮，行者道："岳师父，你不要差了念头，那偷宋贼只该恨他，不该怜悯。"岳将军道："我也不是怜悯。"行者道："既不怜悯他，为何不吃口血酒？"岳将军道："徒弟，你不晓得，那乱臣贼子的血肉，为人在世，便吃他半口，肚皮儿也要臭一万年！"行者见岳师父坚执不饮，就叫一个赤心鬼，赏他吃了。

那赤心鬼方才饮罢，走入殿背后，半个时辰，忽见门前大嚷一阵，门役打起鸣奸鼓；阶下五方五色鬼使，五路各殿判官，个个抖擞精神。行者正要问判官为着何事，白玉阶前早已拥过三百个蓬头鬼，簇住一个青牙碧眼赤发红须的判官头颅，禀："爷，赤心鬼自饮秦桧血浆酒，登时变了面皮，奔到司命紫府，拔出腰间小刀，刺杀他恩主判爷，径出鬼门关托生去了。"

行者喝退小鬼，岳将军也便起来。帘外擂鼓一通，奏起细乐，枪刀喇喇，剑戟森森，五万名总判磕头送岳爷爷。行者道："一起去！"总判应声，各散衙门。又有无数青面红筋猛鬼俯伏送岳爷爷，行者道："起去！"又有三百名拥正黄牙鬼各持宝戟禀送岳爷爷，行者便叫黄牙鬼送岳爷到府。两个走到头门，头门擂鼓一通，奏金笳一曲；行者打拱，又跟着岳将军走到了鬼门关，擂鼓一通，万鬼齐声呐喊，行者打一深拱，送出岳将军，高叫："师父！有暇再来请教。"又打一拱。行者送别了岳师父，登时立在空中，脱下平天冠一顶、绕蛟袍一件、铁不容情履一双、阎罗天子玉印一方，抛在鬼门关上，竟自走了。

却说山东地方有一个饭店，店中有一个主人，头发脱，口齿落，不知他几百岁了，镇日坐在饭店卖饭。招牌上写："新古人饭店在此"，下面一行细字："原名新居士"。原来新居士在蒙瞳世界回来，玉门关闭，不能进古人世界，权住未来世界中开饭店度日。他是不肯忘本的人，因此改名叫做新古人。当日坐店中吃茶，只见孙行者从南边乱嚷："臊气，臊气！"一步一跌跑来。新古人便叫："先生请了！"行者道："你是何人，敢叫先生？"新古人道："我是古人今人，今人古人，说了出来，一场笑柄。"行者道："你但说来，我不笑你。"新古人道："我便是古人世界中的新居士。"行者听得，慌忙重新作揖，叫声："新恩人！若非恩人，我也难出玉门关了。"新古人大惊。行者径把姓名根由尽情说了一遍。

新古人笑道："孙先生，你还要拜我哩。"行者道：

"且莫弄口，我有句要紧话问你：为何这等臊气？又不是鱼腥，又不是羊膻。"新古人道："要臊，到我这里来；不要臊，莫到我这里来。这里是鞑子隔壁，再走走儿，便要满身惹臊。"行者听罢，心中暗想："老孙是个毛团，万一惹些臊气，恰不弄成个臊猢狲？况且方才权做阎罗天子，把一名秦桧问得他千零万碎；想将起来，秦始皇也是秦，秦桧也是秦，不是他子孙，便是他的族分。秦始皇肚里膨脝，驱山铎子也未必肯松松爽爽拿将出来。若是行个凶险，使个抢法，又恐坏了老孙的名头；不如问新居士一声，跳出镜子罢了。"行者便叫："新恩人，你可晓得青青世界如今打哪里去？"新古人道："来路即是去路。"行者道："好油禅话儿！我来路便晓得的，只是古人世界顺滚下未来世界也还容易；若是未来世界翻滚上古人世界，恰是烦难。"新古人道："既如此，随我来，随我来！"一只手扯了行者，拽脚便走。

走到一池绿水边，新古人更不打话，把行者辊辘轳一推，喇赖一声，端原跌在万镜楼中。行者周围一看，又不知打从哪一面镜中跳出，恐怕延搁工夫，误了师父，转身便要下楼；寻了半日，再不见个楼梯。心中焦躁，推开两扇玻璃窗，玻璃窗外部都是绝妙朱红冰纹阑干。幸喜得纹儿做得阔大，行者把头一缩，趱将过去；谁知命蹇时乖，阑干也会缚人，明明是个冰纹阑干，忽然变作几百条红线，把行者团团绕住，半些也动不得。行者慌了，变作一颗蛛子，红线便是蛛网；行者滚不出时，又登时变作一把青锋剑，红线便是剑匣。行者无奈，仍现原身，只得叫声："师父，你在哪里？怎知你徒弟遭这等苦楚！"说罢，泪如泉涌。

忽然眼前一亮，空中现出一个老人，对行者作揖，便问："大圣为何在此？"行者哀告原由。老人道："你却不知，此是个青青世界小月王宫里。他原是书生出身，做了国王，便镇日作风华事业，造起十三宫，配着十三经；这里是六十四卦宫。你一时昏乱，刚刚走入困之困葛藟宫中，所以被他捆住，我替你解下红线，放你去寻师父。”行者含泪道：“若得翁长如此，感谢不尽。”老人即时用手一根一根扯断红线。

行者方才得脱，便唱个大喏，问：“翁长姓甚名谁？我见佛祖的时节，也要替你注个大功劳。”老人道：“大圣，吾叫做孙悟空。”行者道：“我也叫做孙悟空，你又叫做孙悟空！一个功劳簿上，如何却有两个孙悟空？你且说平日做些什么勾当来，等我记些事实罢了。”老人道：“若问我的勾当，也怕杀人哩！五百年前要夺天宫坐坐，玉帝封我弼马温做做。齐天大圣是我，五行山下苦一苦，苦一苦，苦得一个唐僧来从正果。西天路上有灾危，偶在青青世界躲。”

行者大怒，道：“你这六耳猕猴泼贼！来耍我么？看棒！”耳中取出金箍棒望前打下。老人拂袖而走，喝一声道：“正叫做“自家人救自家人”，可惜你以不真为真，真为不真！”突然一道金光飞入眼中，老人模样即时不见。行者方才醒悟是自己真神出现，慌忙又唱一个大喏，拜谢自家。

第十一回

节卦宫门看帐目　愁峰顶上抖毫毛

行者拜谢已毕，跳下楼来，又走到一个门前。门额上有个石板，刊着“节卦宫”三个大字。门楹上挂一条紫金绳，悬着一个碧玉雕成的节卦。两扇门：一扇上画水纹，一扇上画河泽。两旁又有一对“云浪笺”春联，其词云：

不出门，不出户，险地险天；
为少女，为口舌，节甘节苦。

行者看罢，便要进去。忽顿住了脚，想想道：“青青世界有这等缚人红线，不可胡行乱走。等我门前门后看看，打听个消息，寻出老和尚罢了。”转过墙门东首，有一斜墙，上贴着一张纸头，上面写着：

节卦宫木匠、石匠、杂匠工钱总帐：
节卦正宫　房子大小六十四间。木匠银万六千两，石匠银万八千零一两，杂匠银五万四千零六十两七钱正。
节之乾宫　六十四间。前日小月王一个

结义兄弟，三四十岁还不上头，还不做亲，小月王替他讨一个妻子，叫做翠绳娘。就在第三宫中做亲。结亲刚刚一夜，忽然相骂起来。小月王大怒，叫我进去重责五十板。此是众匠害我。今除众匠价银各六倍，替我消闷：木匠只该五万两，石匠只该四万两，杂匠只该二十万两正。

节之坤宫　六十四间。木匠、石匠、杂匠如前。

节之泰宫　白鹤屋四百六间。小月王独赞芰菏小舍，增众匠价银，每人增五百两。今该木匠银七百万两，石匠银六百六十四两，杂匠银二百万八千两正。

节之否宫　小月王卧室一万五千间穿青屋。小月王要增一个镜楼，只为近日又增出几个世界：头风世界分出一个小世界，叫做时文世界；菁莱世界中分出一个红妆世界；莲花世界中分出

> 一个焚书世界。其余新分出的小世界又不可胜记。困之困万镜楼中藏不下了，只得又在这里再造一所第二万镜楼台。明日各匠进去起造，皆要用心，不宜唐突，自取罪戾。先还旧价：木匠五百万五千两，石匠四千万两。杂匠一百八十万两八钱五分一厘正。

行者看得眼倦，后边还有六十宫，只用一个“怀素看法”，一览而尽了。

当时行者看罢，心中害怕，道：“我老孙，天宫也见，蓬岛也见，这样六十四卦宫却不曾见！六十四卦犹以为少，每卦之中又有六十四卦宫六十四个；六十四卦犹以为少，每一卦之中又有六十四卦。此等所在又不是一处，除了这里，还有十二个哩。真是眼中难遇，梦里奇逢！”登时使个计较，身上拔一把毫毛，放在口中，嚼得粉碎，叫：“变！”变做无数孙行者团团立转。行者吩咐毫毛行者：“逢着好看处，但定脚看看，即时回报，不许停留。”一班毫毛行者跳的跳，舞的舞，径往东西南北走了。

行者方才打发毫毛，自身闲步，忽然步到一个峰顶，叫做愁峰顶。抬头见一小童子，手中拿着一封书，一头走，一头嚷道：“啐！吾家作头好笑。天大家里事，与你一人什么相干，多生疑惑！又拿什么书札到王四老官处去！别日的小可；今日下昼，陈先生在我饮虹台上搬戏饮酒，为你这样细事，要我戏文也不看得！”

行者听得师父在饮虹台上，便转身寻去；又想一想，道：“万一东走西走，走错路头，不如上前问那童儿一声。”便叫：“小官人！”谁想那小童儿走走话话，也不曾抬头看见行者，忽然见了行者，七窍流红，惊仆不醒。行者笑道：“乖乖，你会做假人命哩！且看他手中是何书札。”急取出来拆开看时，只见两张黄糙纸上写着：

管十三宫总作头沈敬南奉字王四老官

台下知悉：

不肖承台下青目提拔做其作头，不曾晓得贼头贼脑，累台下抱闷。况且不肖名头也要修洁者也，故数年动作，而尽然乎？

昨日俞作头忽然见不肖言之，他说六十四卦宫、三百篇宫、十八章宫阙了物件，共计百余。小月王殿下大怒，明日要差王四老官去逐宫查点。不肖想台下有片慈心者也，虽不嘱，也必然照顾耳。犹恐此心不白，蒙冤百年；若得台下善其始终，则感佩而终身者哉！眷侍教门生十三宫总作头沈敬南百拜。

王四老官老阿爹老先生大人

行者一心要寻师父，看罢之时，抖抖身子，唤转毫毛。一个毫毛行者在山坡下飞趋上山，叫："大圣，大圣！跑在这里，要我寻了半日！"行者道："你见些什么来？”毫毛行者道：“我走到一个洞天，见只白鹿说话。”登时又有两个毫毛行者，揪头发，扯耳朵，打上山来，对了行者一齐跪下：这个毫毛行者又道那个毫毛行者多吃了一颗碧桃；那个毫毛行者又道这个毫毛行者攀多了一枝梅子。行者大喝一声，三个毫毛行者一同跳上身来。歇歇，又有一班毫毛行者从东北方来：也有说好看，也有说不好看，也有说见一壁上写着两行字云：

意随流水行，却向青山住。
因见落花空，方悟春归去。

也有说一枝绣球树，每片叶上立一仙人，手执渔板，高声独唱，唱道：

还我无物我，还我无我物。
虚空作主人，物我皆为客。

一个毫毛行者说：“一洞天中云色多是回纹锦。”一个毫毛行者说："一高台多是沉水香造成。"一个毫毛行者说："一个古莫洞天，闭门不纳。"一个毫毛行者说："绿竹洞天黑洞洞，怕走进去。"行者无心去听，把身一扭，百千万个毫毛行者丁东响，一齐跳上身来。行者拽脚便走，听得身上毫毛叫："大圣，不要走！我们还有个朋友未来。"行者方才立定。

只见西南上一个毫毛行者沉醉上山；行者问他到哪里去来，毫毛行者道："我走到一个楼边，楼中一个女子，年方二八，面似桃花；见我在他窗外，一把扯进窗里，并肩坐了，灌得我烂醉如泥。"

行者大恼，捏了拳头，望着毫毛行者乱打乱骂，道："你这狗才！略略放你走动，便去缠住情妖么？"那毫毛行者哀哀啼哭，也只得跳上身来。当时行者收尽毫毛，走下愁峰。

第十二回

关雎殿唐僧堕泪　拨琵琶季女弹词

行者拽起脚走到一座楼台，明明是个饮虹台，却不见个师父，越发心中焦急。忽然回转头来，只见面前一带绿水，中间有一水殿；殿中坐着两个戴方巾的人。行者有些疑惑，慌忙跳在近楼的山上，伏在一个山凹里，仔细观看。见殿上有四个青花绣字：

关雎水殿

殿围都是珊瑚错落阑干，日久年深，早有碧蓝水草结成虫篆。殿中两个人儿：一个戴九花太华巾；一个戴时式洞庭巾，那戴九华巾的面白唇红，清眉皓齿，宛是唐僧模样，只是多了一顶巾。行者又惊又喜，暗想："那戴九华巾的，分明是师父，为何戴了巾？"看看小月王，又不像个妖精。疑来疑去，心中如结；正要现原身拖着师父走吧，又想："师父万一心邪，走到西方，亦无用处。"仍旧伏在山凹，定睛再看，一心只要辨出师父邪正。

只见下面戴洞庭巾的便对唐僧道："晚霞颇妙。陈先生，起来闲步呀！”那戴九华巾的唐僧道：“小月王先请！”他两个携了手走上一个欲滴阁。阁上有几张单条，都是名人书画。旁边又有一幅小笺，题着几个绿字：

青山抱颈，白涧穿心。
玉人何处？空天白云。

两个闲走片时，听得竹林里面隐隐有声，戴巾的唐僧便倚斜阑而听，当时一阵松风，吹来字句，他唱道：

月子弯弯照几州？几家欢乐几家愁！
几人在玉坠金钩帐？几个潇湘夜雨舟！
姐儿半夜里打被头，为何郎去你吩勿留留？
若是明夜三更郎勿见，剪碎鸳鸯浪锦裘！

唐僧听罢，点头堕泪。小月王道：“陈先生，想是你离乡久了，闻得这等声音，便生悲切。且去插青天楼上听弹词去！”两个又话一番，走下欲滴阁来，忽然不见。你道为何不见了？原来插青天楼与关雎水殿还差一千间房子，一望看去，都是抽芳绕霤，接翠分衢，垂柳万根，高桐百尺。他两个曲曲折折儿在里边走，行者在对面山凹，哪得看见？

歇了一个时辰，忽然见一个高楼上，依然九华巾唐僧、洞庭巾小月王两把交椅相对坐着。面前排一柄碧丝壶，盛一壶茶；两只汉式方茶钟。低磴上又坐着三个无目女郎：一个叫做隔墙花，一个叫做摸檀郎，一个叫做背转娉婷。虽然都是盲子，倒有十二分姿色；白玉酥胸，稳贴琵琶一面，小月王便叫："隔墙花，你会唱几部故事？"隔墙花道："王爷，往者苦多，来者苦少。故事极多，只凭陈相公要唱哪一本。"小月王道："陈相公也极托熟，你且说来。"隔墙花道："旧故事不消说，只说新的吧：有《玉堂暖话》、《则天怨书》、《西游谈》。"小月王道："《西游谈》新，便是他，便是他！"女郎答应，弹动琵琶，高声和词。诗曰：

莫酌笙歌掩画堂，
暮年初信梦中长。
如今暗与心相约，
静对高斋一炷香。

隔墙花又弹二十七声凄楚琵琶调，悠扬远唱，唱道：

天皇哪日开星斗，九辰五都立乾坤？
彈日寻云前代迹，鱼云珠雨百般形。
无怀氏，银竹多奇节；葛天王，瑞叶尽香凝。
龙蛇心画传青板，鸟兔花书挂玉冰。
山文石字俱休话，路叟嵩封且慢论。
玉沉西海团华锦，宝路庭中赏正臣。
许由天子逃龙衮，奉送山河虞舜君。
十有四年钟石变，洞庭长者掌人民。
桑林曾有成汤拜，鹿台珠袖泪缤纷。
雨旗风钺开清界，钩陈垒上武周存。
春秋欲吊吴王石，战国悲哀磨笄人。
燕邦壮士衣冠白，太子雄心天上红。

点点筑声徵羽换，易水飞云云万层。
图秦不就六国死，去秦称皇刻碣文。
谁闻三世秦皇帝，人鱼烛尽海东昏？
佳人骏马歌诗惨，拔山才罢哭秋风。
有心四皓空山坐，无累张郎伴赤松。
真人云气三千丈，五岳齐呼一万春。
草黄木落先天数，董剑曹刀斩卯金。
傅粉君王传六代，彩霜玉露织冰文。
九六运穷天子死，逼出明明唐太宗。
家庭事黑人难探，莫学诗人讽脊令。
只为昔年烽警日，三月桃花照玉骢。
马前满月临弓影，天上连星入剑虹。
赤老无心悲玉石，螭师不管痛湘魂。
一夜沙风冤鬼葬，山谷年年献泪纹。
声声只怨唐天子，哪管你梅花上苑新！

话说唐天子坐朝方退，便饮酒赏花；忽然睡着，梦见一个龙王，叫声："天子！救我性命，救我性命！"又弄一种《泣月琵琶调》，续唱文词：

宫中天子悬河动，传出金牌告众臣：
急召斩龙大使者，白黑将军两用心。
王言如銲今颠倒，蝴蝶飞腾杀老龙。
龙王哪肯无头过，明月银宫闹殿门。
来朝懒驾龙驹出，宫中圣主拜医生。
鬼来五日天王去，九地森森对古人。
作弊阴官加日月，玉鸾重响太微明。
死生反覆唐皇帝，回望山川昔日同。
天王也唱悲哉句，百年世上似浮虫！
井下幽人何日度？便请那玄装和尚陈。
金钟玉磬呼迷溺，墨袖缁旗咒往生。
大士现身来说法，做造西方赶圣僧。
中国界前僧走马，虎屋伤悲天铸人。
双叉岭顶翻梵典，五行山底纳门生。
石涧黄龙吞紫鹿，香林白壁变红磷。
风吹火眸西路沓，灵吉飞来百难空。
智猴占得睽爻上，负豕一涂拜老僧。
流沙日暮嘶千里，杂识同归净悟中。
豚鱼终是池中物，慢把清筝代晓钟。

人参树拔哀猿叫，白骨夫人立茂林。
金公别去僧成虎，恰好牛哀第二人。
莲花玉洞悬长夜，素鹿山前揖寿星。
唐僧翻舞狂风里，御弟沉沦黑水中。
道释不须频斗击，败血玄黄一样空。
金金不克心神旺，水水相逢长老穷。
两个心儿天地暗，一双猴圣骗观音。
芭蕉杀尽山坡火，绿杨解马去行行。
万镜楼中迟日夜，不知哪一日见天尊？

隔墙花唱罢，眠倒琵琶；长叹一声，飘然自远。

却说行者在山凹边听得“万镜楼”三字，心中疑惑，暗想：“万镜楼中是我昨日的事，他却为何便晓得？”无明火发，怒气重重，一心只要打杀小月王，见个明白。

第十三回

绿竹洞相逢古老　芦花畔细访秦皇

行者在山凹边听得“万镜楼”三字，心头火发，耳中拔出棒来，跳在楼上乱打，打着一个空，又打上去，仍旧打空。他当时便骂：“小月王，你是哪国国王？敢骗我师父在这里！”那小月王也似不闻，言笑如故。行者又骂：“盲丫头！臭婆娘！你为何伴着有头发的和尚在此唱曲哩！”三个弹词女子都似不闻。又叫：“师父，走路！”唐僧也不听得。行者大怪道：“老孙做梦呀！还是青青世界中人，都是无眼无耳无舌的呢？好笑好笑！等我再看师父邪正，便放出大闹天宫手段，如今不可造次。”依旧藏了金箍棒，跳在对面山上，睁眼而看。

只见唐僧一味是哭。小月王道：“陈先生，不要只管凄楚。我且问你：凿天之事如何？若决意不去了，等我打发踏空儿，叫他回去吧。”唐僧道：“昨日未决，今口已决，决意不去了。”小月王大喜，一面令人传旨，叫踏空儿不必凿天；一面叫女子弟妆束搬戏。女子弟们一齐跪上，禀：“王爷，今日搬不得戏。”小月王道：“历上只有宜祭祀不宜祭祀，宜栽种不宜栽种，宜入学不宜入学，宜冠带不宜冠带，宜出行不宜出行，不曾见不宜做戏。”

子弟又禀：“王爷，不是不宜，却是不可。陈先生万种愁思，千般悲结；做了传神戏，还要惹哭。”小月王道：“怎么处呢？搬今戏，不要搬古戏吧。”女子弟道：“这个不难。若搬古戏，还要去搬；若搬今戏，不搬便是。”小月王道：“乱话！今日替陈先生贺喜，大开茶席，岂有不搬戏之理！随你们的意思做几出，倒有些妙处。”女子弟应声而退。旁边两个女侍儿又换茶来。

当时唐僧坐定，后房一阵锣鼓，一阵画角，一阵呐喊；只听得台上闹吵吵说：“今日做《高唐烟雨梦》一本传奇，先做《孙丞相》五出，好看好看！”行者伏在山凹里听得明白，想一想道：“有个‘孙丞相’，又有个‘高唐梦’，想是一个一个通要做完，才散席动身哩。等我往那边寻口茶吃，再来看我家老和尚便好。”

忽然耳朵背后有些足音。回头看看，只见一个道童，年可十三四，高叫："小长老，小长老，我来陪你看戏。"行者笑道："乖乖，晓得老子在此，就来相寻哩！"道童道："你不要耍我，我家主人勿是好惹的。"行者道："你的主人叫做什么名字？"道童道："是好宾客，喜游观，绿竹洞主人。"行者笑道："妙妙！茶解户一定要他当了。小官人权替我在此坐一回：一来看戏，二来看他散席不散席。等我走到贵主人处，取些救火资粮。若是他们散了，烦劳小官人即刻进来话一声。"道童笑吟吟道："这个不难。洞里又无阻隔，你自进去，等我住在这里。"

行者大喜，便看着乌洞洞那个所在乱跳乱走，跳到一光明石洞，当面撞着一个老翁。老翁道："长老何来？里边请茶！"行者道："若是无茶，我也不来。"老翁笑道："茶也未必，长老自去。"行者道："若是无茶，我也不去。"两个竟像相知，一头笑，一头走。走过一张石梯，忽见临水洞天，行者道："到了宅上哩？"老翁道："还未。这里叫做仿古晚郊园。"

行者定睛观看，果然好个去处。只见左边一带郊野，有几块随意石，有十来枝乱芦叶，拥着一间草屋；门前一枝大紫柏，数枝缠烟枫，横横竖竖，组成风雨山林。林边露出一半竹篱，篱边斜种三两种草花。一个中年人拄着绿钱杖，在水滩闲步，忽然坐下，把手捧起清水漱齿不止；漱了半个时辰，立起身来，望东南角上悄然独笑。行者见他这等笑，也望东南看看，并不见高楼翠阁，并不见险壁奇峦，惟有如云如霭，如有如无，两点山色而已。行者一心想着吃茶，哪得有山水之情？同了老翁望前竟走。

忽然又到一个洞天，老翁道："这里也不是舍下，叫做拟古太昆池。"只见四面一百座翠围峰：有仰面如看天者，亦有俯如饮水者；有如奔者，亦有如眠者；有如啸作声者，亦有对面如儒者坐，有如飞者，有如鬼神鼓舞者，亦有如牛、如马、如羊。行者笑道："石人石马都已凿完，还不立墓碑，想是没人做铭哩。"老翁道："小长老不消弄口，你且看看水。"行者果然低着头，仔细观看，只见水中又有一百座倒插翠围峰；水面绉纹，尽是山林图画。

行者正得意时，忽有一根两根芦苇里，趱出几只渔船，船头上多坐着蓬头垢面老子，不知唱些什么，又不是《渔家乐》，又不是《采莲歌》。他唱道：

是非不到钓鱼处，
荣辱常随骑马人。
客官要问蒙瞳世界何处去，
推去略略扳，
扳来望南摇，
摇又推，
推又扳。

行者听得“蒙瞳世界”四个字，便问老翁道：“蒙瞳世界在哪里？”老翁道：“你要寻哪一个哩？”行者道：“我有敝亲秦始皇，如今搬在蒙瞳世界，要会他有句说话。”老翁道：“你要去，便渡过去。这一带青山多是他后门哩。”行者道：“若是这等大世界，我去没处寻他；不去了。”老翁道：“我也是秦始皇的故人。你若怕去，有话竟说与我，我明日相见便讲。”行者道：“我又有一个敝亲叫做唐天子，要借敝亲秦始皇的驱山铎一用。”老翁道：“哎哟哎哟！刚刚昨日借去。”行者道：“借与哪个？”老翁道：“借与汉高祖了。”行者笑道：“你这样老人还学少年谎哩！汉高祖替秦始皇铁死冤家，为何肯借与他？老翁道：“小长老，你还不知。那秦、汉当时的意气，如今消释了。”行者道：“既是这等，但见秦始皇替我说话。再过两日，等汉高祖用完，我来借罢。”老翁道：“如此却妙。”

行者话了一阵，一发口干起来，乱嚷：“茶吃，茶吃！”老翁笑道：“小长老是始皇令亲，我老人家是始皇故人，总是一家骨肉；要茶就茶，要饭就饭，请进舍下去！”

两个又走过翠围峰，寻条别径，竟到绿竹洞天，但见青苔遍地，管列危天，当中有四间紫竹屋，慌忙走进里面。原来正梁是湘妃竹，栋柱是泥青竹，两扇板门是风人竹织成竹丝板，摆一只方竹床，帐子也是竹衣纸的。

老翁走到后堂，取出两碗兰花玉茗茶，行者接在手中，吃了几口，方才渴定。老翁便摆过一只油竹几，四把翠皮竹椅，两个对坐了。老翁就问行者的八字，行者笑道：“我替你不过偶尔相逢，不结兄弟，又不合婚姻，要我八字怎的？”老翁道：“我算天池数命，无有不准。小长老既是我敝故人秦始皇的令亲，我要替小长老算算命，看后边有些好处，也是吾故人一臂之力。”行者仰了面想想，便答道：“我八字绝妙。”老翁道：“算还不曾算，先晓得好哩！”行者道：“我平日专好求人算命。前年有一青衣算者算我的命，刚刚话得八字，那算者大大失惊，立刻对我唱个大喏，连声‘失敬失敬’，叫我：‘小官人，你这八字替齐天大圣的八字一线不差的！’我想将起来，齐天大圣曾在天宫发恼，显个大威灵，如今又成佛快了，我八字若替他一样，哪得不好？”老翁便道：

"齐天大圣是甲子正月初一日生的。"行者道:"便是我也是甲子正月初一日生的。"老翁笑道:"人言道:'相好命好,命好相好。'果然说得不差。不要说你的八字,便是模样也是猢狲脸。"行者道:"难道齐天大圣也是个猢狲脸哩?"老翁笑道:"你是个假齐天大圣,是个猢狲脸;若是真齐天大圣,直到一个猢狲精。"行者低头笑笑,便叫老翁快些推命。

原来孙行者石匣生来,不曾晓得自家八字,唯有上宫玉笈注他生日,流传于深山秘谷之中。当时用个骗法,一哄哄出。老翁哪知是行者空中结构,便替他讲起命来,道:"小长老,你不要怪我!我不会当面奉承。"行者陪笑道:"不当面奉承更好。"老翁便道:"你是太簇立命,林钟为仇,黄钟为恩,姑洗为忌,南吕为难。今月是个羽月,正犯难星,该有横事闲气一干,还有变宫星到命。变宫是个月主。经云:'逢着变宫奇遇到,佳人才子两相逢。'论起小长老,既然出家,不该说起夫妻之事;论起命来,又该合婚。"行者道:"合过些干婚,当得数么?"老翁道:

“总是婚姻，不论干湿。却是你命里又逢着姑洗。角星是个忌星，忽然又有南吕。羽星到命，又是难星。经云：‘忌难并逢名恶海，石人石马也难当。’论起这个来，你又该有添人进口之庆，有亲人离别之悲。”行者便问：“添一个师父，别一个师父，当得数么？”老翁道：“出家人也替得过了。只是今日过去，后边还有奇处。明日便进商角星，却该杀人。”行者暗想：“杀人事小，一发不怕。”老翁又道：“三日后进一变徵星。经云：‘变徵别号光明宿，困蒙老子也清灵。’却是难中有恩，恩中有难。又有日月水土四大变星临命，又恐小长老要死一场才活哩。”行者笑道：“生死甚没正经！要死便死几年，要活便活几年。”

两个讲得正酣，只见道童急急奔来，叫：“小长老，戏文将散了，高唐梦已醒了，快走，快走！”行者慌别老翁，谢了道童，依着旧路而走。走到山凹里，一心看着楼上，只听得人说《高唐梦》还有一段曲子未完。行者听得，又睁眼看戏。只见台上扮出一道人，五个诸仙模样，听他口中唱道：

度却颛愚这一人，
把人情世故都谈尽。
则要你世上人，
梦回时，
心自忖。

行者看罢，又见台上人闹说："《南柯梦》倒不济，只有《孙丞相》做得好。原来孙丞相就是孙悟空，你看他的夫人这等标致，五个儿子这等风华。当初也是个和尚出身，后来好结局，好结局！"

第十四回

唐相公应诏出兵　翠绳娘池边碎玉

行者在山凹里听得明白，道："老孙自石匣生来，是个独独光光、完完全全的身子，几曾有匹配夫人？几曾有五个儿子？决是小月王一心欢喜师父，留他不住，恐怕师父想我，只得冤枉老孙；编成戏本，说我做了高官，做了丈夫，做了老尊，要师父回心转意，断绝西方之想。我也未可造次，再看他光景如何。"

忽见唐僧道："戏倒不要看了，请翠绳娘来。"登时有个侍儿，又摆着一把飞云玉茶壶，一只潇湘图茶盏。顷刻之间，翠娘到来，果是媚绝千年，香飘十里，一个奇美人！行者在山凹暗想："世间说标致，多比观音菩萨。老孙见观音菩萨虽不多，也有十念次了，这等看起来，还要做她徒弟哩！且看师父见她怎么样。"

翠娘方才坐定，只见八戒、沙僧跟在后边；唐僧怒道："猪悟能昨夜小畜宫中窥探，惊我爱姬！我已逐你去了，为何还在这里？"八戒道："古人云：'大气不隔夜。'陈相公，饶我这一次！"唐僧道："你若不走，等我写张离书，打发你去。”沙僧道：“陈相公要赶我们去，我们便去。丈夫离妻子，要写离书；师父离徒弟，不消写得离书。”八戒道：“这个不妨。如今师徒做夫妇的多哩！但不知陈相公叫我两人往哪里去？”唐僧道：“你往妻子处去；悟净自往流沙。”沙僧道：“我不去流沙河住了，我到花果山做假行者去。”

唐僧道：“悟空做了丞相，如今在哪一处？”沙僧道：“如今又不做丞相了；另从一个师父，原到西方。”唐僧道：“既如此，你两个路上决然撞着他，千万极力阻挡，叫他千万不要到青青世界来缠扰。”便讨取笔砚，磨浓了墨，铺开了纸，写起离书：

> 悟能，吾贼也。贼而留之，吾窝也。吾不窝贼，贼无宅；贼不恋吾，吾自洁。吾贼合而相成，吾贼离而各得。悟能，吾无爱于汝，汝速去！

八戒大恸，收了离书。唐僧又写：

> 写离书者，小月王之爱弟陈玄奘也。沙和尚妖精，容貌沉深，杂识未断，非吾徒也。今日逐也，不及黄泉不见也。离书见证者，小月王也；又一人者，翠绳娘也。

沙僧大恸，接得离书。两个一同下楼，竟自去了。

唐僧毫不介意，对小月王笑道：“小弟遣累也。”便问翠娘：“朝来何事？”翠娘道：“情思不快，做得一首《乌栖曲》，愿为君歌之。”当时便敛袖攒眉，歌声宛转，歌曰：

> 月华二八星三五，丁丁漏水冬冬鼓。
> 相思相忆阻河桥，可怜人度可怜宵！

歌罢，悲不自胜，叫：“相公，姻缘断矣！”抱住唐僧，大恸。唐僧愕然，只是好言解慰。翠娘哭道："别在须臾，你还是这等！"把手一指，叫："相公，你看南方，便知明白。"唐僧回转头来，只见一簇军马，拥着一面黄旗，飞马前来。唐僧便觉慌忙。

不多时，楼上多是军马。有着紫衣的捧着诏书，对唐僧作揖道："小官是新唐差官。"便叫军士替杀青大将军易了衣服，慌忙摆定香案。唐僧北面而跪，紫衣南面读诏。读罢，紫衣又取出五花节授与唐僧，道："将军不得迟留，西虏势急，即日起兵。"唐僧道："你这官儿不晓事，也等我别别家小！"抽身便进后堂寻翠娘。

翠娘见唐僧做了将军，匆匆行色，两手拥住，哭倒在地，便叫："相公，教我怎么放得你去！你的病残弱体。做将军时，朝宿风山，暮眠水涧，那时节，没有半个亲人看你，增一件单衣，减一领白褡，都要自家爱惜，调和寒冷。相公！你牢记着我别离时说话：军士不可苛刑，恐他毒害。降兵不可滥收，恐他劫寨。

黑林不可乱投，日落马嘶不可走。春有汀花不可踏，夏有夕凉不可纳。闷来时，不可想着今日；喜的时，不可忘了妾身。呀！相公，叫我怎么放得你去！同你去时，恐犯你将军令；放你自去，相公，你岂不晓凄风夜夜长！倒不如我一线魂灵，伴你在将军玉帐吧！”

唐僧、翠娘卷做一团，大哭。卷来卷去，卷到一个碎玉池边，只见翠娘飞身下水，唐僧痛哭，连叫：“翠娘苏醒！”外面紫衣使者飞马走进，夺了唐僧，军马一齐簇拥，竟奔西方去了。

第十五回

三更月玄奘点将　五色旗大圣神摇

天已入暮，行者在山凹里见师父果然做了将军，取经一事，置之高阁；心中大乱，无可奈何，只得变做军士的模样，混入队中，乱滚滚过了一夜。

次早平明，唐僧登坐帐中，教军士把招军买马旗儿扯起。军士依令。到得午时，所投将士便有二百万名。又乱滚滚过了一日。唐僧便遣一个白旗小将，叫做“亲身小将”，当夜传令：“造成金锁将台，编成将士名册。明夜登台，逐名点将。”

次夜三更，明月如昼，唐僧登台，教吩咐众将：“我今夜点将，不比往常：听得一声钟响，军士造饭；两声钟响，披挂；三声钟响，定性发愤；四声钟响，台下听点。”白旗小将得旨，叫：“众将听令！将军吩咐：今夜点将，不比往常，听得一声钟响，造饭；两声钟响，披挂，三声钟响，定性发愤；四声钟响，听点。不得迟怠！”合营将士道：“呀！将军有令，哪敢不从！”唐僧又叫白旗吩咐：“一应军士不许叫我‘将军’，要叫我‘长老将军’！”白旗小将又逐营吩咐一遍。

台上撞起钟声一响，军士听得，慌忙造饭。唐僧又叫白旗小将吩咐众将：“当面点过，要把平生臂力一齐献出。不许浑帐答应，胡行乱走！”

台上撞起两声钟响，军士慌忙披挂。唐僧叫白旗把点将旗扯起，吩咐：“营中水道山堑，俱要详密；一应异言异服，说客游生，放进营中者取首级。”白旗依令吩咐了一遍。唐僧又叫白旗：“你吩咐营中将士：临点不到者取首级，往来辕门取首级，推病托疾取首级，左顾右盼者取首级，自荐者取首级，越次者取首级，跳叫者取首级，匿长者取首级，顶名替身者取首级，交头互耳取首级，挟带女子取首级，游思妄想者取首级，心志不猛者取首级，争斗尚气者取首级！”

传罢，台上三声钟响，营中各各定性发愤。唐僧也闭着两眼，默坐高台皓月之下。半个时辰光景，台上钟声四响，合营将士到台前听点。

唐僧便依着册子逐名点过，高叫：“将士，我在军中发不得慈悲心了。各人用心，自避斧钺！”登时飞旗下令，一连唱过六千六百五名。

将士忽然叫着：“大将猪悟能！”唐僧见了名姓，便已晓得是八戒，只是军中体肃，不便相认，便叫：“那员将士，你形容丑恶，莫非是妖精哄我？”便叫白旗推出斩首。八戒一味磕头，连叫：“长老将军请息怒，容小人一言而死！”八戒道：

> 本姓猪，排行八，跟了唐僧上西土，半途写得离书恶。忙投妻父庄中去，庄中妻子归枯壑。归枯壑，依旧回头走上西，不期撞着将军阁。伏望将军救小人，收在营中烧火吧！

唐僧面上微笑，叫白旗放了绑。八戒又一连磕了一百个头，拜谢唐僧。

又叫："女将花夔！"一员女将，飞马挟刀，营中跳出。

叫："大将孙悟空！"唐僧变色，一眼看着台下。

却说行者在乱军中过了三日，早已变做六耳猕猴模样的一个军士；听得叫着"孙悟空"三字，飞身跳出，俯伏于地，道："小将孙悟空运粮不到，是他兄弟孙悟幻情愿替身抵阵，敢犯长老将军之律令。"唐僧道："孙悟幻，你是什么出身？快供状来，饶你性命。"行者便跳跳舞舞，说出几句。他道：

> 昔日是妖精，假冒行者名。自从大圣别唐僧，便结婚姻亲上亲。不须频问姓和名，六耳猕猴孙悟幻大将军。

唐僧道："六耳猕猴是悟空的仇敌，如今念新恩而忘旧怨，也是个好人。"叫白旗小将，把一领先锋铁甲赐与孙悟幻，教他做个破垒先锋将。将士点毕，唐僧连传号令，教军士摆个“美女寻夫阵”，趁此明月，杀入西戎。

兵入西戎境界，唐僧叫军士把一色小黄旗为号，毋得混淆。军士听令，摆定旗面，一往又走。转过山弯，劈头撞着一簇青旗人马。行者是个先锋将士，登时跳出。那一簇人马中间有一个紫金冠将军，举刀迎敌。行者问：“来者何人？”那将军道：“我乃波罗蜜王便是。你是何人？敢来挑战！”行者道：“我乃大唐杀青挂印大将军部下先锋孙悟幻。”那将军道：“我是大蜜王，正要拿你！”大蜜王轮刀便斫。行者道：“可怜你这样无名小将，也要污染老孙的铁棒！”举棒相迎。

战了数合，不分胜负。那将军道：“住了！我若不通出家谱，不表出名姓，便杀了你，你做鬼的时节还要认我做无名小将！等我话个明白吧：我波罗蜜王不是别人，我是大闹天宫齐天大圣孙行者嫡嫡亲亲的儿子！”行者听得，暗想道：“奇怪！难道前日搬了真戏文哩？如今真赃现在，还有何处着假？但不知我还有四个儿子在哪里？又不知我的夫人死也未曾？倘或未死，如今不知做什么勾当？又不知此是最小儿子呢，还是最大儿子呢？我欲待问他详细，只是师父将令森严，不敢触犯。且探他一探看。”便喝道：“孙行者是我义兄，他不曾说有儿子，为何突然有起儿子来？”

那将军道：“你还不晓其中之故：我蜜王与我家父行者，原是不相识的父子。家父行者初起在水帘洞里妖精出身，结义一个牛魔王家伯。家伯有一个不同床之元配罗刹女住在芭蕉洞里者，此即家母也。只因东南有一唐僧，要到西天会会佛祖，请家父行者权为徒弟；西方路上，受尽千辛万苦。忽然一日撞着了火焰危山，师徒几众，愁苦无边。家父当时有些见识，他道：‘一日为师，终身为父。暂灭弟兄之义，且报师父之恩。’径到芭蕉洞里，初时变作牛魔王家伯，骗我家母；后来又变作小虫儿钻入家母腹中，住了半日，无限搅抄。当时家母忍痛不过，只得将芭蕉扇递与家父行者。家父行者得了芭蕉扇，扇凉了火焰山，竟自去了。到明年五月，家母忽然产下我蜜王。我一日长大一日，智慧越高。想将起来，家伯与家母从来不合，惟家父行者曾走到家母腹中一番，便生了我，其为家父行者之嫡系正派，不言而可知也。”话得孙行者哭不得，笑不得。

正忙乱间，只见西北角上小月王领一支兵，紫衣为号，来助唐僧。西南角上又有一支玄旗鬼兵来助蜜王。蜜王军势猛烈，直头奔入唐僧阵里，杀了小月王，回身又斩了唐僧首级。一时纷乱，四军大杀。孙行者无主无张，也只得随班作揖。只见玄旗跌入紫旗队里，紫旗横在青旗上面。青旗一首飞入紫旗队里，紫旗走入黄旗队。黄旗斜入玄旗队里，有一面大玄旗半空中落在黄旗队，打杀黄旗人。黄旗人奔入青旗队，夺得几面青旗来，被紫旗人一并抢去。紫旗人自杀了紫旗人几百余首，紫旗跌入血中，染成荔枝红色，被黄旗人抢入队里。青旗人走入玄旗队，杀了玄旗人。小玄旗数首飞在空中，落在一支松树之上，黄旗队一百万人落在陷坑。一百面黄小令旗飞入青小令旗中，杂成鸭头绿色。紫小令旗十六七面跌入青旗队里，青旗队送起，又在半空中飞落玄旗队里，倏然不见。行者大愤大怒，一时难忍。

第十六回

虚空尊者呼猿梦　大圣归来日半山

行者一时难忍，现出大闹天宫三头六臂法身，空中乱打。背后一人高呼："悟空不悟空，悟幻不悟幻了！"行者回头转来，便问："你是哪一国的将士，敢来见我？"抬头只见一座莲台，坐着一个尊者，又叫："孙悟空，此时还不醒么？"行者方才住棒，便问尊者："你是何人？"尊者道："我是虚空主人，见你住在假天地久了，特来唤你。你的真师父如今饿坏哩。"

行者有些醒路，恍然往事皆迷，一心耐定，更不回头，只是拜恳主人，祈求指教。虚空主人道："你方才在鲭鱼气里，被他缠住。"行者便问："鲭鱼是何等妖精，能造乾坤世界？"虚空主人道："天地初开，清者归于上，浊者归于下；有一种半清半浊归于中，是为人类；有一种大半清小半浊归于花果山，即生悟空；有一种大半浊小半清归于小月洞，即生鲭鱼。鲭鱼与悟空同年同月同日同时出世。只是悟空属正，鲭鱼属邪，神通广大，却胜悟空十倍。他的身子又生得忒大，头枕昆仑山，脚踏幽迷国；如今实部天地狭小，权住在幻部中，自号青青世界。”行者道：“何谓幻部、实部？”主人道：“造化有三部：一无幻部，一幻部，一实部。”即说偈曰：

也无春男女，乃是鲭鱼根。
也无新天子，乃是鲭鱼能。
也无青竹帚，乃是鲭鱼名。
也无将军诏，乃是鲭鱼文。
也无凿天斧，乃是鲭鱼形。
也无小月王，乃是鲭鱼精。
也无万镜楼，乃是鲭鱼成。
也无镜中人，乃是鲭鱼身。
也无头风世，乃是鲭鱼兴。
也无绿珠楼，乃是鲭鱼心。
也无楚项羽，乃是鲭鱼魂。
也无虞美人，乃是鲭鱼昏。
也无阎罗王，乃是鲭鱼境。
也无古人世，乃是鲭鱼成。
也无未来世，乃是鲭鱼凝。

也无节卦帐，乃是鲭鱼宫。

也无唐相公，乃是鲭鱼弄。

也无歌舞态，乃是鲭鱼性。

也无翠娘啼，乃是鲭鱼尽。

也无点将台，乃是鲭鱼动。

也无蜜王战，乃是鲭鱼哄。

也无鲭鱼者，乃是行者情。

说罢，狂风大作，把行者吹入旧时山路，忽然望见牡丹树上日色还未动哩。

却说真唐僧春睡醒来，看见眼前男女，早已散了，心中欢喜，只是不见了悟空。叫醒悟能、悟净，问："悟空哪里去了？"悟净道："不知。"八戒道："不知。"忽见东南上木叉领个一白面和尚，驾朵祥云，翩然而下，叫："唐长老，你收着新徒弟，人圣就来也。"慌得唐僧滚地下拜。木叉道："观音菩萨念你西方路上辛苦，又送一个小徒弟在此。只他年纪不多，要求长老照顾照顾。菩萨已取他法名，叫做'悟青’。菩萨说：悟青虽是长老第四个徒弟，却要排在悟空之下，悟能之上，凑成‘空青能净’四字。”唐僧领了菩萨法旨，收了徒弟，送上木叉不题。

原来鲭鱼精迷惑心猿，只为要吃唐僧之肉，故此一边缠住大圣，一边假做小和尚模样哄弄唐僧，哪知大圣又被虚空尊者唤醒。

却说行者在半空中走来，见师父身边坐着一个小和尚，妖氛万丈，他便晓得是鲭鱼精变化，耳朵中取出棒来，没头没脑打将下去，一个小和尚忽然变作鲭鱼尸首，口中放出红光，行者以目送之。但见红光里面又现出一座楼台，楼中立着一个楚霸王，高叫：“虞美人请了！”一道红光径奔东南而去。唐僧便叫：“悟空，饿死我也！”行者听得，慌忙回转，向师父唱个大喏，将前事从头到尾备说一遍。

原来唐僧见悟空不来，心中焦急；来的时节，又打杀了新来徒弟，勃然大怒；正要责他几句，忽见新徒弟是个鲭鱼尸首，早已晓得行者是个好意，新徒弟是个妖精。当时又见行者说得如此利害，方才回嗔作喜，道：“徒弟辛苦也！”八戒道：“悟空去耍子是辛苦，我们受辛苦，师父倒要说耍子哩！”

唐僧喝住八戒，便问：“悟空，你在青青世界过了几日，吾这里如何只有一个时辰？”行者道：“心迷时不迷。”唐僧道：“不知心长还是时长？”行者道：“心短是佛，时短是魔。”沙僧道：“妖魔扫尽，世界清空。师兄，你如今仍往前村化饭，等师父静心坐一回，好走西路。”行者道：“说得是。”向前便走。

走了百余步，突然撞着山神土地，行者喝道：“好土地呀！我前日要寻你问一件事情，念了咒子，你们只是不来。天下有这样大土地！快快伸手过来，打了一百再讲！”土地道：“方才大圣爷爷被情魔摄入天外，小神力量有限，哪能走到天外来磕头？愿大圣将功折罪！”行者道：“你有什么功呢？”土地道：“猪八戒老爷耳朵里花团，是小神亲手取出来的。”

行者便喝退土地，一心化饭。急忙跳在空中，看见那边有个桃花畔，一条烟丝从树林中隐隐透起。登时按落云头，近前观看，果然是一好人家。行者跑入里面，正要寻人化饭，忽然走到一个静舍，静舍中间坐着一个师长，聚几个学徒，在那里讲书。你道讲哪一句书？正讲着一句“范围天地而不过”。

百万里，
牡丹还要不睡
秦始皇只是不见
日色照着

务万天是情日过着师
数镜地虚缘色」一父
，楼久空，还不○句
中了主多未忽「你
，是然范在
识、人动
特，浮望明
日○围
来见云见天里
夜唤你梦总牡、
○你住幻见丹地○
叔戈。在○世树而
文○假我界上不讲

董说（1620-1686），字若雨，明亡后为僧，更名南潜，号月函，浙江乌程（今吴兴）人。著有《董若雨诗文集》、《丰草庵杂著》、《楝花矶随笔》等。曾参加复社，系复社领袖张溥弟子。其事迹散见清光绪九年同治本《湖州府志》，民国十一年本《南浔志》等。

赵柏田 | 梦 · 镜 · 雨

1 · 梦

那一个折磨了董说几十年的梦，这一夜又攫住了他。

梦里他架着一把梯子登上天去，梯子断了，他摔下来掉到了白云上。棉花垛般柔软的白云裹住了他，他撒开脚丫在白云上奔跑，一口气跑了十多里地。突然，脚下的云层被他不小心踏破，嘎啦一声裂开，露出蓝得发黑的天空。他像一个溺水者一样双手乱舞。一缕缕风从指缝间滑过，他却什么也抓不住。在接连两次坠落后，他掉落到了一条河边，柔嫩的水草叶子如同妇人细长的手指轻拂着他的脸。

> 梯而登天，未至，下视白云如地，因坠云上，驰走数十里，误踏破云，堕水畔。（《昭阳梦史 · 走白云上》）

自从摄政王多尔衮率领的清兵铁蹄踏进山海关后，董若雨便时常做这个从云端坠落的梦。改立新朝几十年了，他还常常在梦中高声惊叫。他妻子时常被他从梦中惊起，然后数着念珠度过一个个长夜，为此还连落下了久久不能治愈的失眠症。

解梦师说，这个梦，寓意着浙江南浔董氏家族在新朝的命运，从原先的“华阀懿孙”沦落到尘世凡间。董若雨的曾祖董份是嘉靖年间的进士，仕途颇顺，选庶吉士，授翰林院编修，又因写得一手青词被世宗亲擢为翰林学士，加太常寺少卿，历迁吏部左侍郎、礼部尚书，又多次充乡试主试官，门生满朝，先后任万历朝首辅的申时行、王锡爵均出其门下，具在世日，与子、孙三代甲科同时俱在，洵为皇明盛事之一。若雨的祖父董道醇，中万历十一年癸未科进士，由行人司行人晋南京工科给事中，六子中有二子进士出身。那时的南浔董家奴仆成群，“宾客车马驰逐骛”，“伐钟鼓，吹笙竽，俳优侏儒之戏穷日夜”，门第之显赫富贵简直无与伦比。

其实在十六世纪的最后几年，南浔董家已迅速由盛转衰，在董份被劾夺职十余年后的万历二十二年（1594），董家遭受奴变重创，在一群闾里悍徒、无赖恶少的哄抢下，这个曾经的簪缨之家身槁产落，门可罗雀。经此剧变的第二年，董份和两个儿子相继去世，风流总被雨打风吹去，钟鸣鼎食之家终究淹没于明末江南的民变风潮中，也真应了后人《桃花扇》中的一句唱：“眼看他起高楼，眼看他宴宾客，眼看他楼塌了”。

至于父亲董斯张，自若雨懂事起就是个抱着个药罐子的病病歪歪的人。这个自号“瘦居士”的男人，十六岁病肺、三十三岁病足，几乎大半生都在病榻上度过。除了狂热地爱书、爱酒、爱山水，听方外高僧谈经说法，与他那个时代的文化名流冯梦龙、董其昌、陈继儒、汤显祖等诗酒酬酢，董斯张平生最不擅长的就是生计营生。因他在四十三岁上过早的去世——崇祯元年，那一年若雨八岁——几乎没给儿子留下什么深刻的印像。然而成年后的若雨身上却处处都透着乃父的身影，儿子不仅继承了他种种的癖好，连种种病症也都一样不落地承续了下来：肺病，眼病，胃病。同时代人给董斯张绘过这幅山中读书的肖像，这个因过度沉浸于内心生活而对身外世界完全拒斥的人，通过神秘的血缘对儿子的一生发生着久远的影响，某种程度上甚至可以说，儿子是他半梦半醒一生的一个翻版：

> 石灯夜燃，竹叶风扫，似不临人境。有野鹊千余，蔽霄而翔，哀响清激，晨夜无失期。居士出，鹊竟不至，墟中人相惊以为神也。性不与俗近，无人自语，随行孤啸。意小不快，虽王公蔑如也。

正因为家族早就迭经变故，繁华不再，董若雨认为解梦师是在胡说八道。自己早就不是什么贵胄子弟了，鼎革前也不过是一个除去了青衿的廪贡生而已，哪有传说中的那样华丽丽。何况科场的失意使他早早就绝意于仕途，不去做那些劳什子的“纱帽文章”，他自忖对这个世界已一无所求。生此欲望纷飞的年头，士子们若政治上无望，大抵汲汲于私人空间的营建，或治园林，或藏珍玩，或追伶人歌女，以此作安魂之所，却也不免沾染上卑俗市侩之气，董若雨却在自家的性灵园地里另辟一径，在他身上丝毫也看不到耽于物质欲望和世俗享受的顾盼自得。前人袁宏道曾论人生五种“真乐”，乖张的言语下留恋的还是浮世的种种繁华，若雨则出以“五香”，把整个炎凉尘世都关在门外：

> 吾生而手不曾著算子则手香，吾脚不喜踏自己一寸田园则脚香，吾眼不愿对制科之文则眼香，耳不习世道交语则耳香，舌不涉三家村学堂说话讲求则舌香。（《楝花矶随笔》）。

他几乎有点恶作剧地站到了物质主义者的对面，以一种病态的激情爱着世间种种的虚无：长满青苔的小路，天上的星子，变幻的云霞，寺院的钟声，山，石，泉，古碑，孤坐，冥想，焚香，做梦。这世界有让人觉着磁实的物质的A面，也有充斥着种种不可捉摸之物的B面，他爱的是世界的B面。在世界的这一面，他耽于虚无，耽于梦想带给他的种种快乐。

崇祯十六年春天，董若雨生过一场重病。家里请来了一个庸医，差点把他给治死。睡眠就如同一条混浊的河流，把他送入各种各样的梦境。在梦中他上天入地无所不能，与历代妖姬美女效鱼水之欢。现在看来，他一生的嗜梦癖就是从这年春天开始的。

董若雨最引以为豪的是他曾在梦国游历三年，做到了梦乡太史的职位，管理梦乡的国政。他的治国措施中的一项，就是成立一个梦社，由童子们任司梦使，把社友千奇成怪的梦寄存在浔水之滨，由他集中保管。这些梦都保管在一只一尺见方的大铁柜里，这只柜子叫藏梦兰台。

他对梦国作出的另一贡献是为之编纂了一部历史。在这部叫《梦乡志》的书里，他给这个国度分了七个区域：玄怪乡，山水乡，冥乡，识乡，如意乡，藏往乡，未来乡。按照他的说法，玄怪乡中，鸟冠兽带，草飞树走，人长角而鱼身；山水乡，顾名思义汇集了许多崇山大川。冥乡是亡灵的居所；识乡，其中有凝想造起来的“情城思郭”；如意乡，就是人人都能达到他们愿望的那种梦；藏往乡专藏梦里往事，未来乡则能鉴知未来。

董若雨说，去往梦国的道路有千条万条，但芸芸众生被物欲的享受迷了心性，总是找不见。作为梦国的太史，他有责任提供寻梦的技术指导。比如，“出世梦”的做法是，你想像驾驭着日月，去赶赴诸神的宴会，在你的下面，万顷白云如同一条澎湃的河，那些传说中的蛟龙就像鱼儿一样游来游去。再比如“远游梦”的做法：坐一辆世界上最快的马车，一刻万里，不到一个星期，三山五岳就走遍了。“藏往梦”的做法简单些：什么也别去做，就只是坐着，让脑袋像一个搬空的仓库一般，一会儿你就会来到汉唐，运气好的话，也可能到了商周。“知来梦”的做法有些让人费思量：将会白衣，霜传缟素，法当震恐，雷告惊奇。看不懂吧，看不懂好好看。

为了更便捷地抵达梦国的指定位置，收集到梦的精品，工具的作用也不可忽略。董若雨指出有八种常用辅助工具不妨一试：药炉，茶鼎，高楼，道书，石枕，香篆，幽花，雨声。试想，你独居高楼，头枕石枕，手上一册闲书，边上茶烟香汽如薄雾环绕，此时若你悠然入梦，这样的梦怎么会是凡品呢！当然，如果你想做抱着女人睡的那种艳梦，这些工具就用不上了。

有人说他那么爱做梦是一种癖，说不好听一点是一种病，对此，董若雨并不否认，但举世皆病，他这样的梦癖反而是轻的。他说，梦是一味药。宋朝有个禅师，把禅当作疗救人生的一味良药，写了一本《禅本草》，董若雨也写有一本《梦本草》。在这本书里，他开宗明义就说，梦本草这味药的性味与功用是：味甘，性醇，无毒（当然对意志薄弱者来说还是有微毒），益神智，畅血脉，辟烦滞，清心远俗，如果你想长寿，最好天天服用。至于梦本草的采集方法，也十分简单易行，不论季节，不假水火，只要闭目片刻，静心凝神，这味药就算是采成了。根据他多年研究，梦本草的产地不同，攻效也不同。最好的梦本草有两种，一种是产自绝妙的山水间，一种是产自太虚幻境。这两种都可疗治俗肠。至于采于未来境、惊恐境的，虽然也有部分功效，但也会带来名利缠身、忧愁百端这些副作用，弄得不好还会走火入魔，严重的还会发狂至死。

董若雨经常说，正如人有雅俗，梦也有雅俗之分。他自以为平生做过的梦里，最幽绝的一梦是在一个下着雨的晚上，他穿过两块山石搭成的拱门，又走过一条长长的松荫路，登上了一个石楼。这座楼外表平常，但内里的陈设十分怪异，楼中的几榻窗扉，全都是切得四四方方的石块。更令人吃惊的是石榜上还有七个篆体大字，如龙飞凤舞一般，写的是：七十二峰生晓寒。他把自家住的楼取名叫晓寒楼，屋前的池塘叫梦石楼塘，就是这么来的。在一些诗歌片断中，他还经常提到这个梦："眼底三千年旧迹，梦里七十二青峰"。要是微染小恙，如能喝一点小酒，再在微醉后得一佳梦，游游名山啦，读读这个世界不存在的书啦，与古代的名人说说话啦，那病立马就会好几分。如果做了俗梦，譬如与女子交合之类的，他怕梦醒后就会大吐一场。

回顾长长的一生中做过的梦，那无数的人、事、物，组成的是一个多么庞大的世界呀。他有时候也自问，这一切，真的在这个世界存在过吗？他想，它们是存留在他的大脑皮层，在某些个夜晚，如同电波一样短暂，却又像投进湖中的石块激起的水纹永无止息。在他还是一个孩子时，父亲就跟他说过，南方有一个国家，叫古莽之国，这个国家的人以醒着时做过的事为虚妄，以梦中发生的一切为真。他想，要是真的生活在这个国度该是多么好啊。这么多年，他一直没有放弃对这个国度的寻找。现在他老了，还没有找到。他想，要是真找不到就在心里造一个吧。

生命在成长，梦也在成长，如果借用诗歌作个比喻，那么他少年时代的梦是李贺的诗，连鬼神听了都要惊奇。后来的梦，一会儿是李白的风格，一会儿是杜甫的风格，到了他这年纪，那些梦就是王维的田园诗的风格了，空山不见人来，惟留清泉石上流了。

人生百年无梦游，三万六千日，日日如羁囚。他就是不甘心做一个时光的囚徒，才会有那么多梦。时势又是如此的晦暗不明，逍遥只向梦里寻了，就像他在《梦乡志》里说的：自中国愁苦，达士皆归梦乡。

这么多年来，他把折磨他的一些杂乱无章的梦境片断，记入了一本叫《昭阳梦史》（书中所记梦境，自三月朔日起，至十二月戊子止，共三十一则）的书里。之所以把这本小书保存至今，他是把它们看作了自己某种意义上的自传。青年时代的他，是一个喜欢背后说别人闲话和传播八卦的人，连梦中都被流言的泡沫包围着，说别人，也被人说。出于传之后世的考虑，这些闲言碎语和一些过分色情、污秽的内容，他没有记入。所以他在这本书的自序中说，这并不是一本完整的自传，后世有缘读到的人一定要明鉴这一点。

在这些梦里，他一会儿与他那个时代最伟大的诗人斗嘴，一会儿与江湖上最优秀的剑客过招，有时也会与最风骚迷人的女人性交。他曾经这样对朋友说："如果能记住这些梦，那将是一种极大的娱乐，你仿佛被俘虏进另一个世界里一般，让你觉得有意识的世界中的许多责任都非常遥远。"

他梦见，蔚蓝的天空，纯净得如同水洗过一般，忽然，天空垂下成千上万只乳房，颜色有红的，也有青的，它们在慢慢拉长，一直垂到了屋瓦上。

梦见飞云散落空中，一片片都是人脸，天上成千上万张面孔，眼珠转动，唇齿开合，每一张脸，每一个表情都不一样（《昭阳梦史·人面云》："飞云散天，片片皆作人面。目瞳转瞬，唇齿阖辟，万面各殊"）。

梦见天上落下了一个个手掌大的黑色的字，它们旋转着飞落，如同纷扬的雪花（"天雨字，如雪花，渐如掌，而色黑"）。一个白衣高冠的男子在下面奔跑。高喊着，真是大奇观啊，天落字啦！他仔细看这满天飞扬的字，乃是一篇陶渊明的归去来兮辞。梦见幽深的树林里的几间老屋，白云为门，客人来，云就缓缓推开，人离开，云就重又合拢。梦见一场大雨，落下的全是一瓣瓣黄色的梅花。梦见自己成了一个老僧，精舍的门是一棵老槐树。梦见一个叫苔冠的人来看他，他的头顶上长的是一株青草。

有一次他梦见采来了一大朵白云赠给客人，还有一次他梦见自己吃掉了一盆白云。

他梦见站在高山之巅，放眼看去满眼都是草木，不见一个人影。这样一个草木世界，他的舌头还有何用？他找谁说话去？梦里他哭泣起来，醒来，枕畔还是湿的。

他梦见自己被剃发，头发坠落水池，变成了一条条鱼游向远处。他一边哭一边给朋友写信，弟已堕发为鱼矣。写到“鱼”字他突然醒了。此生他最得意的是把一个梦写成了小说，《西游补》。他写这部小说那年二十一岁。这部充满瑰丽想像力的神魔小说，是他被情欲折磨的少年时代的一个宣泄通道，那是怎样的一个弥天大梦啊，他让斗战胜佛孙行者迷于情魔，经历了一场场荒诞不经的历险。小说从孙行者三调芭蕉扇，师徒四个走出火焰山后开始的，他从《西游记》里撕开一个口子来续写，或许就因为这个故事透露出的梦游一般的气息吧。在他看来，编织一个故事就是编织一个梦，平生乱梦三千，一切皆是寓言，那就在这一枕子黄粱梦里幻出个大千世界吧。在写作这个小说的时候，他时常感到，他就是孙行者，孙行者就是他。

日后回头再看，这个小说的字里行间散布出的不祥气息，正是那时候动荡不宁的天下局势在他年轻的心里投下的一个阴影。就在这部小说写成后的第四个年头，满洲人的铁蹄如同西伯利亚刮来的寒风狂扫落叶，大明亡了。而在这之前数月，皇帝已在皇宫后的一座小山上吊死了。在1640年春天完成的这部小说里，他已经预言了这个结局：在一个叫踏空村的地方，那里的村民男男女女都会驾云飞翔。一群踏空儿，四五百人持斧操斤、抡臂振刀去凿天，把天庭的一个灵霄殿生生给凿了下来。

于是他设置了这样的情节：灵霄殿给凿下来后，天庭不知底里，还以为这事是孙行者干的。行者有过前科，偷盗了太上老君炼丹炉里的仙丹还大闹天庭，他们有理由怀疑。于是他们要请佛祖出马，把行者重新捉将回去镇在五行山下。行者惊惶无措，撞入万镜楼，他在虚无世界中的历险正是由此开始。

天庭不再是旧天庭，世界的秩序已

被打破，而新的平衡尚未建立，满地碎片，如同万镜炫目，他的迷惘是一个时代的迷惘。小说最后，师徒劫后重逢，说的还是“心迷”：

> 唐僧问：你在青青世界过了几日，我这里如何只有一个时辰？
> 行者：心迷时不迷。
> 唐僧：不知心长，还是时长？
> 行者：心短是佛，时短是魔。

2 · 镜子

嘉靖年间，正是若雨的曾祖董份仕途顺畅的时候，宦游途中，他的这位祖先收藏了许多面镜子。南浔董家有一间屋子专门用来安放这些镜子。各式各样的镜子，青铜的、水晶的、泰西进贡的玻璃的，形状有圆形的、椭圆形的以及带顶饰的矩形镜框的，饰框的材料一式都是名贵的乌木、雪松木和紫檀，还有镀金的黄铜，上面还雕有微型的动物、人像和枝叶连理错落缠绕的图案。这些镜子挂满四壁，直达屋顶，据说一进入镜房，就像进入了一个没有尽头的世界：无数面镜子相互对应，使得门、窗和走廊无尽延伸，生生不尽。

若雨八岁那年，父亲董斯张就是死在这间已经破败的镜房里。家人把他抬出来时，为了避免吓着他们，在他的脸上盖了块白麻布。从此以后，家中长辈再也不允许他们走近这间镜房。它成了他们家族的一个禁忌。但他的记忆中已经永远刻下了向这个神秘的屋子投去的第一眼，那一片眩目的、晃眼的光刺痛了他！他那时深信不疑，父亲就是被镜子里一把把光的剑杀死的。这警示他在成长的日子里一直小心躲避着镜子的诱惑——镜子是危险的！一旦你向镜子看了一眼，就有了幻想、恐惧和欲望。为情所迷，则大千世界不过是镜子生成的幻像。镜子会吸引邪狂的目光，镜子里藏着一个个恶魔。它的表面平滑如缎，它展现的却是谎言和诱惑，让意志脆弱的人陷入疯狂。

他把童年时代的恐惧带进了《西游补》这部小说，把对女性的憎恶也带进了这部小说。行者面对成千上万面镜子的恐惧就是他的恐惧。在他看来，镜子是他们的生活与梦幻之间的无主之地，它乃是进入死亡的通道。他让行者穿过一面面镜子，正寄托着渴望在镜子的另一端得到重生的意愿。小说里万镜楼中的世界，正来自他童年时代对那间小屋的恐惧：

上面一大片琉璃作盖，下面一大片琉璃踏板，一张紫琉璃榻，十张绿色琉璃椅，一只粉琉璃桌子，桌上一把墨琉璃茶壶，两只翠蓝琉璃钟子，正面八扇青琉璃窗，尽皆闭着。四面都是宝镜砌成，团团有一百万面。镜子大小异形，方圆别致，每面镜子里都别有天地日月山林。行者本以为以照出百千万亿自家模样，走近前去照照，结果却无自家影子。

若雨下文以一种古典式的耐心细致罗列的这些镜子，是不是就是他家镜房收藏的呢：

天皇兽纽镜，白玉心镜，自疑镜，花镜，凤镜，雌雄二镜，紫锦荷花镜，水镜，冰台镜，铁面芙蓉镜，我镜，人镜，月镜，海南镜，汉武悲夫人镜，青锁镜，静镜，无有镜，秦李斯铜篆镜，鹦鹉镜，不语镜，留容镜，轩辕正妃镜，一笑镜，枕镜，不留景镜，飞镜……

小说行进至此，更堪让人心惊的那一声存在主义式的勘测和探问，说的是行者初入万镜楼，见有一人，出现在一方兽纽方镜中，问起为何同在此处时，那人却道：如何说个同字？你在别人世界里，我在你的世界里，不同，不同！

那个曾经显赫一时的南浔董氏大宅主体建筑已在1644年的兵火中化为一片瓦砾，起自董份手中的百间楼，历数百年风雨侵蚀而兀然不倒，也算是个奇迹。富贵如烟云，情根亦勘破，一切也真应了若雨二十一岁那年写的小说《西游补》开卷所云“总见世界情缘，多是浮云梦幻”，这也许就是梦的真理吧？说来堪奇，兵燹中，董若雨从祖宅唯一带走的一件物事，就是一面镶着在乌木框里的镜子。是不是他越是要逃避的东西，它越要像附骨之蛆一样跟定他？镜子在这时不再是恶魔隐秘的面孔，它也不再与奢华有关，它只是他们家族的一个纪念，留在他手里的一件信物罢了。以后多年，他出行，它就在船上陪着他，他上灵岩受戒，它在禅房里最早照见他头顶的疤。

他时常拿着这面镜子，把它朝向四面八方，这样便能制造出太阳、月亮和天空中的其它星宿，他也可以制造出动物、植物、家具，但那都是徒有表像没有实质的东西。令人目眩的镜子制造出各种幻觉，它像梦一样提示着看不见的事物。但时日一久，他发现他离不开它了，就像他离不开那些梦。他明知它的虚幻和危险，他就是离不开它。

他有时是董说，有时又成了一个连他自己也不认识的人。镜子让他明白了，人永远是他自己又是另一个人。

人应该关照自己的灵魂，而灵魂正是需要映像来认识自身。但同时又会有一个声音在心底里喊：远离颠倒梦想，离镜子远远的！每当这样的时候，他情愿把镜子看作虚构的分身，维护着他的幻觉和谵妄。他就要这样的半梦半醒。

他是把世界看作镜像，把万物都作为他的镜子了：梦是他的镜子，香料是他的镜子，雨水是他的镜子，钟声是他的镜子，孙行者是他的镜子，小说是他的镜子。

原来这一切只不过是镜像的魔术。不仅虞美人的楼台、唐朝的宫女映照在湖水的反光中，甚至孙行者，甚至那本小说，也可能来自乌有乡，来自秋阳下水藻交横的湖底衍射上来的一束光线。镜子乃是他的欲望、恐惧与内心交战的沉默的见证。

他终于像是明白了，他在镜子里看见的那个人并不是他。他才是影子，镜子里那个人的影子。放下小说，他想进入到镜子的背面，换到影子的位置上，逃避沉重而不确定的现实。他轻轻一跃，一头冲入了镜子。额头划开了一道小口子，伤痕难以察觉却足以致命。童仆取下了那面因撞击而碎裂的镜子，进入镜子背面，他看见他被地上镜子的碎片映照了出来，不是一个他，是千千万万个。

那孩子问：你在这一地碎裂的镜子里寻找什么？

心会迷失方向，但时间不会，时间有着一个恒定的方向。他张了张嘴，却什么声音也发不出来。

他收藏有一只小钟，色泽灰黯，缺了个小口子，就像在地底下埋了几百年了。半夜睡不着了，他常常起来敲钟。那细细的钟声啊，清越而久远，它会让空气荡起一圈圈迷人的涡纹。因为喜欢听钟声，早年，他出行到了一个地方就遍地跑着去找寺院。孤馆长旅，听着钟声一下一下传到耳边，真是要喜悦得掉下泪来。他这么喜欢听钟，可能来自于他佞佛的父亲的影响，也与幼年时对僧人生活的向往有关。说来不信，他三岁时就能像佛教徒一般盘腿而坐，七岁就能读《圆觉经》和《金刚经》。听着寺院的钟铙齐鸣，真像前世般亲切。国亡后，繁华不再，寺院都破败不堪，他再也听不到好听的钟声了。

他的癖好越来越深，在世人眼中也越来越怪了。焚香、做梦、听钟之外，又添听雨。

他喜欢在窗前听雨，喜欢在秋天的渔笛声中听雨。他最喜欢的还是在船上听雨。在船上听雨，会觉着雨声是绿的呢。绿则凉，凉则远，在船上听雨，真会觉得远离了烦恼人世呢。

他经常听雨的那只船叫石湖泛宅（为此他治了一个印叫“月函船师”）。船里装满了书画秘籍，船舱里还挂着小佛像。他常常把船泊在柳塘湖水深处，呆上一段时间又游往他处。

如果上天不是那么匆忙把自己叫唤去，他决心要写下一百首关于雨的诗篇。体例就仿照白居易的《何处难忘酒》，叫《何处难忘雨》。何处难忘雨，凉秋细瀑垂，小窗佳客在，白豆试花时，渔笛声全合，水村烟正宜，溪山苕上好，雨僻少人知。这是雨中无聊一时兴起写下的。如此好的烟雨溪山，却没有人来共赏，岂不可惜？不过话说回来，身边如果真有一个俗客聒噪个没完，也挺煞风景的不是？那几句说的是秋天听雨，暮春下雨也是别有佳趣。竹阑外柳丝轻飘，那雨珠儿凝在叶尖久久不曾落下，偶尔滴沥一声，却打下了树阴下的一片片花瓣。还有深宵听雨，寒夜里拨尽炉灰，雁落秋江，听着屋角的雨如沙漏一般落下，“寒阶一夜雨声长”，这景象他多年来深为迷恋。

用若雨自己的说法，康熙十九年（1680）起他正式隐身于山水深处，这一年正月起，他从湖州箵山坐船抵苏州，留宿夕香庵五日，再游小赤壁，可谓行色匆匆。其实更早，五年前他就以山水白云为家了。他栖遁在苕溪、洞庭之间，一般朋友都找不到。偶尔在村涧溪桥边碰到附近灵岩寺的和尚，就作一日夕谈。1670年冬天，他浮舟在西洞庭山，中流大雪，船都被冻住了，划不了桨，连除夕夜都是在船里度过的。黑夜里他暗暗地笑，他就是要让你们都找不到他。就好像，他刻意要为自己安排这样一个失踪的结局。

他已经想好了，死后留给后代子孙这样一幅肖像画：他要让最好的画家把他画进一场风雨中，屋外山雨欲来，木叶乱鸣，他坐在寥廓的堂前，手里执着一卷书，神态怡然自若，就好像这个世界上再没什么可以撼动他。

节选自《梦醒犹在一瞬间》

纸上造物

用心，有趣，
深且美
出版，以及一切
纸上的可能

图书在版编目（CIP）数据

西游补 : 悟空的梦 / 董说著 ; 马伯庸序. -- 上海:上海文艺出版社, 2022
(2022.9重印)
ISBN 978-7-5321-8116-2
Ⅰ.①西… Ⅱ.①董… ②马… Ⅲ.①长篇小说－中国－当代
Ⅳ.①I247.5
中国版本图书馆CIP数据核字(2021)第203191号

发 行 人：毕　胜
策　　划：纸上造物
责任编辑：李伟长 金　辰
装帧设计：李九斤

书　　名：西游补 : 悟空的梦
作　　者：董　说
著　　序：马伯庸
出　　版：上海世纪出版集团　　上海文艺出版社
地　　址：上海市闵行区号景路159弄A座2楼　201101
发　　行：上海文艺出版社发行中心
上海市闵行区号景路159弄A座2楼206室　201101　www.ewen.co
印　　刷：苏州市越洋印刷有限公司
开　　本：787×1092　1/32
印　　张：6.875
字　　数：90,000
印　　次：2022年3月第1版　2022年9月第2次印刷
I S B N：978-7-5321-8116-2/I.6426
定　　价：55.00元
告 读 者：如发现本书有质量问题请与印刷厂质量科联系　T: 0512-68180628